Narratori Feltrinelli

Stefano Benni
Di tutte le ricchezze

Prima edizione ne "I Narratori" settembre 2012
Seconda edizione ottobre 2012

Stampa Nuovo Istituto Italiano d'Arti Grafiche - BG

ISBN 978-88-07-01910-4

Di tutte le ricchezze

Ero l'ombra del beccofrusone ucciso
Dall'azzurro ingannevole del vetro
Ero la macchia di cinerea lanugine – e
Vivevo volavo nel cielo sdoppiato.

VLADIMIR NABOKOV, *Fuoco pallido*

Con i tuoi lunghi capelli biondi
E gli occhi azzurri
La sola cosa che ho avuto da te
È dolore.

DAVID BOWIE, *Sorrow* (cover dei McCoys)

MONTI e Colline
LAGO ACQUA CELESTE
CASA DI VUOSTOK
CASA AZZURRA
CASA DI BERENICE
RUDERI DEL CATENA
CASOLARI
CASA DEL PROFESSOR
Poltrona SFONDATA
BOSCO

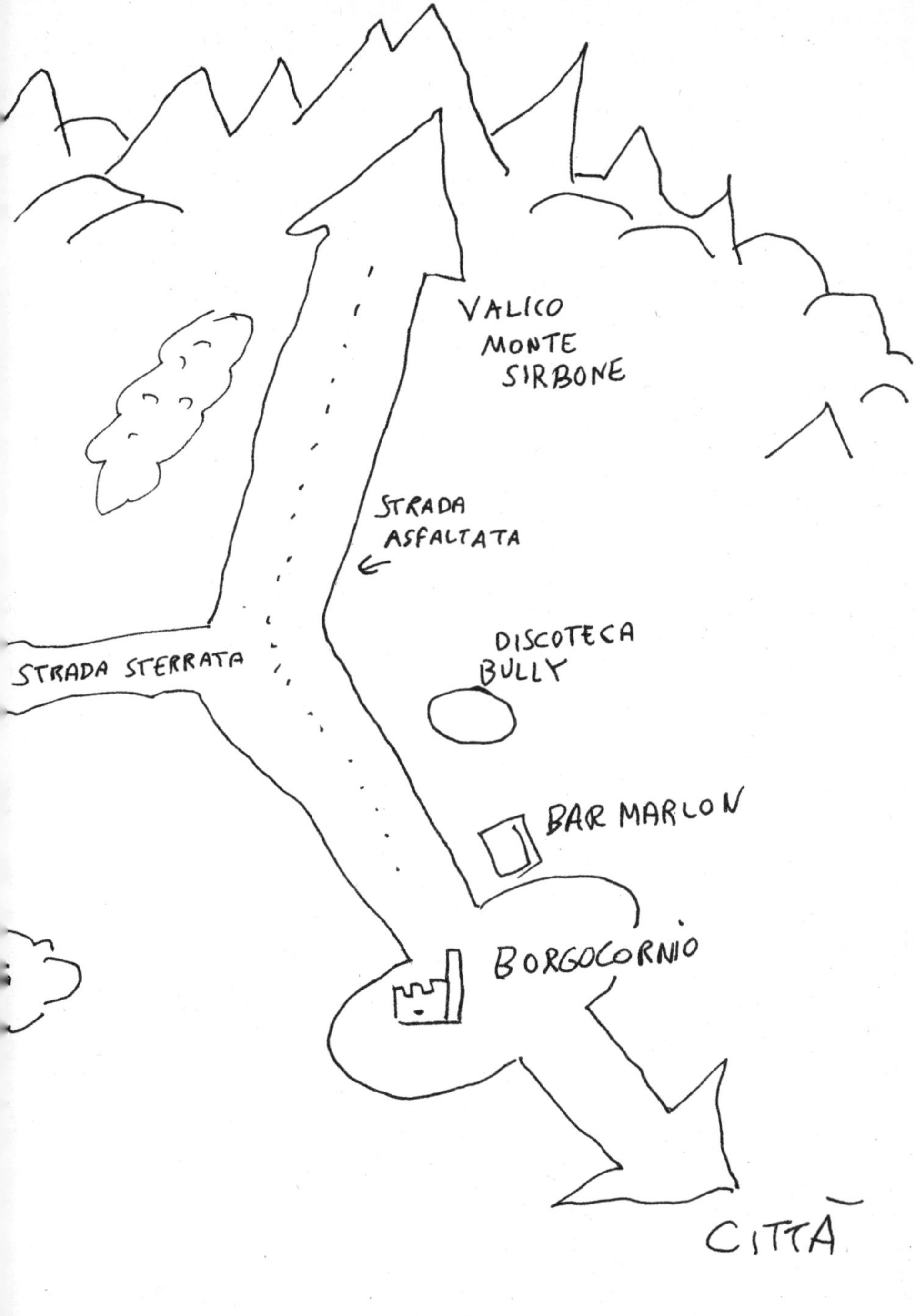
VALICO
MONTE
SIRBONE
STRADA
ASFALTATA
DISCOTECA
BULLY
STRADA STERRATA
BAR MARLON
BORGOCORNIO
CITTÀ

1.

Lascia che in diversa musica racconti
Di me vivo tra le vive cose
Lascia che io sia il tuo miglior sguardo
Il tuo cuore e le parole che scegli
Oggi il vento autunnale spoglia gli alberi
Dei ricordi ardenti dell'estate
A terra li confonde, ma noi sappiamo
Che ciò che è narrato a noi rimane.

Vedi come tutto cambia e si prepara
La spoglia della biscia, il lampo della volpe
L'istrice che gonfia, attraverso la strada,
Il suo nero esercito di dardi
Il ruvido cinghiale, il trotto dei cavalli
E un cerbiatto che inatteso ti sorprende.

La solitudine sta ai vecchi
Come un vecchio vestito
E nelle tasche tintinnano
I sogni che più non spendono
Maudit l'amour/che da queste stanze è escluso
Scrisse un poeta sul muro della cella
Ove tutta la vita fu rinchiuso
E il suo tormento divenne il mio argomento.

Sono io l'autore dei versi che hai appena scoperto, amabile lettrice, caro lettore.

Perciò è giusto che tu sappia qualcosa in più di me. Il mio nome è Martin. Come *Martin Eden*, romanzo con cui ho ammorbato per anni i miei studenti universitari. O come l'epico gaucho Martín Fierro. O come Dean Martin, cantante degli anni cinquanta, dalla voce bassa e suadente, come la mia che modulavo per incantare le allieve. O come il martin pescatore che precipita dall'aria sull'acqua per rubarle un'argentea creatura.

Sono vicino ai settant'anni, età venerabile quando non è sordida, e vivo solo in una casa sull'Appennino, solitaria ma non troppo, vicino a un piccolo paese dotato di vari bedenbrecfast, e con maggior chilometraggio a una cittadina di ventunmila abitanti dotata di tre sterminati supermarket outlet spendodromi, in grado di contenere l'intera popolazione. La mia abitazione è un casolare ricoperto da un arazzo di edere e glicini, in cima a un poggiolo. Gli fanno da sentinella, a un lato, un noce dal dritto tronco maestoso, e all'altro un fico storto e anarchico. Davanti ho un patio panoramico dove spesso rimugino, lavoro, mi assopisco su un divanetto di vimini. Dietro, una veranda più piccola che dà sul bosco di querce e aceri, sede di una filarmonica di pennuti.

Mi è compagno e scudiero Ombra, un grosso cane nero, un incrocio tra un Terranova e un treno merci, quando carica festoso. Rispetta infatti tutti i comandamenti del dodecalogo canino meno l'undicesimo, che dice:

Sia la tua gioia proporzionale al tuo peso.

Immaginatemi all'aperto, in autunno, lo sguardo verso le colline lontane, davanti a un computer talvolta sfavillante al sole. Sul prato volano coppie di farfalle bianche, recitando la futura neve. Sono professore in pensione, poeta per un solo libro e saggista prolifico e pedante. Il mio testo più letto è sul poeta maledetto Domenico Rispoli, detto il Catena, morto in un manicomio a metà degli anni che ho ora. La mia casa non ha specchi grandi, ma mi conosco. Sono alto, magro, zoppico per una sciatalgia, ho zigomi indiani, naso aguzzo e capelli bianchi con un ciuffo che mi cade spesso sulla fronte, dividendo in due il paesaggio, e che una donna, da me probabilmente amata anni fa, chiamava "il tuo salice piangente".

Nei dintorni e nel borgo che sta tra casa mia e la cittadina dei supermarket sono considerato un bizzarro e silenzioso alieno. Il paese si chiama Borgocornio. Per alcuni il nome viene dalle corniole di cui abbondano i boschi. Per altri dalle sue bellissime, irascibili capre. Ma ho ascoltato anche una versione più maligna. È un paese di incalliti cacciatori, e durante le lunghe battute venatorie le mogli cercano di passare il tempo collaudando i letti con volontari. Il borgo è quasi tutto rifatto, case di pietra con enormi antenne a parabola, cellulari che risuonano tra le pecore e piscine piene di tafani annegati sul retro. Ultimo vanto, come dice apposito cartello segnaletico, il paese è gemellato con Horby (Svezia).

Tre sono le attrazioni architettoniche del borgo:

una chiesa con affreschi del Quattrocento, in perenne restauro, nella cui cripta è nascosta la misteriosa Campana Puttana;

la discoteca Bully, meta di strafattoni da diverse regioni;

il bar Marlon, la cui insegna luminosa, una motocicletta in neon blu elettrico, è visibile da chilometri.

In questi ameni paraggi io vivo solo, come vi ho detto, ho un figlio di nome Umberto, musicista all'estero di cui attendo con ansia le telefonate. La suoneria del mio antiquato cellulare, "scaricatami" da una nipote, è *Dream a little dream of me* con la voce di Ella Fitzgerald e la tromba di Louis Armstrong. Lavoro a un computer con il monitor regolarmente sporco e nebbioso, la mia macchina da scrivere è in riparazione da un anno, è stato come chiedere di rifare il guardaroba a una morta, ho trovato un paleo-artigiano che restaura questi fossili meccanici, ma non ho avuto più notizie. Ricordo con nostalgia il suo frastuono creativo.

Ora invece la mia tastiera è soffice e taciturna. Ho concesso il mio cuore ai ritmi della comunicazione moderna, ma resto sospettoso. Gli schermi portano ansietà, da quando Grimilde chiese allo Specchio delle Brame la Top ten delle bellezze del reame.

Non frequento nessuna di quelle enormi tavolate cibernetiche in cui milioni di persone comunicano con altri milioni. Tra i miei titoli nobiliari scarseggia la @, l'Ordine della Sacra Chiocciola. Possiedo però un Umbertofono regalo del mio erede, ovvero uno di quei minuscoli contenitori di mondi con cui posso ascoltare musica dalle cuffiette ed essere travolto senza avvisaglia di clacson quando attraverso la strada. Poche persone frequentano la mia casa, e le conoscerete tutte.

Come vivo la solitudine? A volte con benevola pazienza, a volte con dolore. Passeggio lento, cucino male, scrivo con cura, dormo poco, penso molto.

Rifletto sempre sul fatto che ho passato molti anni a fare il farfallone (o ganzo o porco, scegliete voi l'epiteto). E mentre rincorrevo meravigliosi esemplari femminili, non ho avuto né tempo né voglia di cercare una compagna fissa, neanche la madre di mio figlio. Processatemi pure, io sconterò la pena, anzi già la sto scontando.

La mia casa non risuona di altri passi, e vengo punito da Eros per il mio disordine passato. Oggi ho creato con le donne una lontananza illusoria. In realtà, a volte nel sonno sogno baci, e si risveglia in me la brace dei fuochi passati. Ma ormai mi sento un vecchio improponibile e impresentabile, che cammina dondolante, sempre vestito allo stesso modo, con varie pennellate di cibo sui calzoni, e scarpe da foto di emigranti.

Mi rado per noia, e ho lasciato come sola vanità la chioma candida e fluente, e tre o quattro camicie provenzali comprate a Parigi in rue du Seine e i cui colletti raccontano la venustà. C'est tout.

Maudit l'amour/che da queste stanze è escluso
Scrisse un poeta sul muro della cella

Ove tutta la vita fu rinchiuso
E il suo tormento divenne il mio argomento.

Lascia che ti racconti la vecchia leggenda
Della bionda ragazza, la più bella e amata
Che a ingiuste nozze non si volle legare
Un altro letto gelido scelse
Discese nel lago lenta e piangente
Chioma disciolta fu, e i suoi occhi
Per sempre rivolse verso il cielo
Lì crebbero i fiordalisi, Acqua Celeste è chiamato
Viandante in un tempo che cancella i viandanti
Ascoltami alla vampa di un immaginario camino
Dicono che il suo fantasma erri ancora
Chiedendo muta perché non poté scegliere
Come sprecare la sua giovane sorte
Amo gli spettri, che partire non vogliono
Che più di noi detestano la morte.

Sento sul sentiero un nuovo suono
Un'auto nera nell'oro degli alberi
Non vengono per me. Ora qualcuno
Vedrà la mia solitudine
E la segnerà a dito
Lascia che ti racconti
Di come entrarono nella mia vita
Una donna misteriosa e un uomo ferito.

Maudit l'amour è l'inizio di una poesia del Catena, una delle più dolorose e controverse, su cui ancora oggi mi interrogo. Più facile spiegarvi quale leggenda ispira i versi successivi. È un racconto locale che ha origine per alcuni nel Medioevo, per altri alla fine dell'Ottocento. Ne ho sentite diverse versioni, la più bella da un vecchio falegname di cassapanche e bare, morto tra i suoi odorosi legnami l'anno scorso.

Viveva un tempo in un casolare dall'altra parte della valle, una ragazza bionda e con gli occhi azzurri, cosa rara in una zona dove le donne sono scure e di sguardo sospettoso, raramente addolcito dai sentimenti. Portava la sua bellezza con nessuna vanità, e sognava come tutti i giovani di lasciare quelle solitarie montagne. Il padre, un contadino, la teneva come un animaletto prezioso, raramente le chiedeva di fare lavori duri, si accontentava della sua cucina. La madre era morta da tempo. Avvenne che un mercante di terreni, un uomo torvo e gozzuto, un beone che la Fortuna Ingiusta aveva riempito di soldi e boria, vedesse la fanciulla roteare bellissima ed esausta a un ballo di paese, e se ne innamorasse all'istante. Subito, senza neanche parlarle, la chiese in sposa al padre. Il contadino accolse ciò come un grande colpo di fortuna. La figlia sarebbe andata sposa al più ricco del paese. E lo spiegò a lei davanti al camino, la chioma bionda indorata dal riflesso del fuoco e improvvise lacrime. No, non voglio, disse la ragazza, è un uomo detestabile. Farai ciò che dico, disse il padre iroso, trasformandosi di colpo in un implacabile mezzano. Passarono i giorni, lei chiusa in camera, il padre che teneva a bada il promesso orribile marito. Fu fissata la data delle nozze, la bianca farfalla di un vestito da sposa fu posata sul letto di lei. Sembrò che la ragazza fosse rassegnata. Ma la notte prima del mattino nuziale scivolò fuori dal casolare, la sua gonna frusciò tra i cespugli di lavanda e di rosmarino, poi nella quiete del bosco e alla luce della luna lei arrivò all'acqua. Era un piccolo lago formato da un torrente, un miracolo azzurro ai piedi di una parete di roccia argillosa a strapiombo. Qui facevano il bagno i ragazzi del paese, e lei ricordava le giornate in cui si era unita a loro senza mai osare, perché non sapeva nuotare, e il lago era profondo. Quell'inverno era per metà gelato, e la sua acqua era divenuta argento fuso e zaffiro.

Qui, passo dopo passo su nevischio e fango, lei discese e si annegò.

Dicono che la mattina in cui tutto ciò fu scoperto, un inaspettato, folgorante tappeto di fiordalisi fosse nato sulle rive, e per questo il lago fu chiamato Acqua Celeste.

Ho unito diverse versioni fantasiose in un'unica breve versione. Di fatto il lago c'è ancora, anche se meno azzurro, e i discendenti del mercante sono padroni di metà valle.

Ma la parte che più mi interessa è quella più paurosa. Dice che, da quella notte, il fantasma della ragazza vaga ancora sulle rive del lago e nei boschi e appare talvolta al limitare del paese, con lo sguardo triste. Una donna, la fattucchiera del posto, giura di averla vista. I suoi capelli biondi erano lunghi come lo strascico di una sposa e le aveva detto con voce di bambina:

– Perché non mi avete lasciato scegliere l'amore?

E io? Perché ho scelto di non sceglierlo? E perché cerco in continuazione, nelle brume, nei riflessi, nelle morgane dell'alba il fantasma della fanciulla per parlarle e chiederle la verità sulla storia?

Questo luogo è splendido ma nasconde amari segreti.

E anche io ne ho qualcuno.

Ma veniamo al fatto nuovo di questo pomeriggio. Di fronte alla mia casa, a un tiro di schioppo sotto due enormi secolari olmi, c'è un casolare disabitato da un anno, da quando il proprietario, un barbuto e intrattabile pittore tedesco, lo lasciò per andare a morire in qualche remota India. È quasi identico al mio, solo che è dipinto di un azzurro slavato, e ovviamente l'erba che lo circonda è alta. Stamattina è arrivato un grosso fuoristrada nero, uno di quei mostri con cui gli Esploratori di Ingorghi intasano inutilmente il traffico. Le ruote poderose hanno disperso nuvole di foglie gialle, il rumore ha fatto volare via merli e cornacchie.

Sono scese tre persone. Una è il proprietario della casa, un mercante come quello della leggenda, un omaccio dal volto suino e dai modi barbari. Concitatamente gesticolava, certo narrando le delizie della sua proprietà, a una coppia. Un Lui vestito di un giaccone di pelle, apparentemente sui quarant'anni, capelli lunghi e un ciuffo nero sulla fronte. Una Lei con lunghissima chioma bionda, snella, da lontano bellissima.

Da lontano bellissima. Cosa si annida in queste tre parole? Avrò dei vicini? Saranno solitari come me, ci saluteremo appena o incendieranno la mia quiete? Ombra è già andato a conoscerli dimenando la grossa coda, con cui gaiamente ribalta gli oggetti di casa. Lei lo ha subito accarezzato.

Mi sono sorpreso a osservare ogni momento di quella trattativa. Mi è venuto in mente quante poche persone conosco davvero in questa valle. Ho sentito in quei gesti spiati un soffio, un presagio. Lei si è voltata verso la mia casa e l'ha indicata, il mercante ha fatto un gesto a braccia aperte, credo abbia detto: lì vive un professore, un poeta pazzo ma innocuo, che parla con gli animali, ma assai discreto. (Ho reso il concetto, non l'idioma.)

Sarò un ottimo vicino, avrei voluto urlare. Ma non risvegliate le mie ferite. Rispettate la cenere dei miei desideri. Non ascoltate musica a tutto volume. Non ingozzate il mio cane dei vostri resti. Non tenete acceso il motore del vostro nero veliero. Non lastricate il prato, non tagliate alberelli. E non chiedete silenzio alla notte di questi luoghi. Di notte, qui tutto sussurra e urla.

Sono andati via e mi sono messo a cucinare una zuppa. Qualcosa, un diavoletto nascosto nella pentola, ha borbottato di uscire di nuovo.

Sul prato c'era il mio amico istrice, il crestato devastatore di orti.

– Abbiamo visite – ha detto.

– Già. Speriamo che non siano ispidi come me e te.

– Cazzo, io sono socievole, sei tu che sei un vecchio rincoglionito.

(Gli istrici parlano con una certa puntuta volgarità.)

– Parli di socievolezza tu, che vivi con quelle spade sulla schiena. Non so se ho ancora voglia di avere un vicino. Ricordi le urla e le crisi di rabbia del tedesco, e quando girava nudo nei prati?

– Voi umani fate un sacco di cose orrende. Compreso mangiarci...

– Io non ho mai mangiato un tuo collega.

– Tu no, ma i tuoi compari del borgo sì. Mangerebbero un mammut se non fosse estinto.

– Come sai del mammut?

– Il tasso ha un libro che ne parla.

(Il tasso, alias dottor Meles, è un filosofo iroso che ha la tana nei pressi.)

– Be', comunque non credo che affitteranno la casa. Troppo isolata e troppo spoglia.

– Secondo me – ha detto l'istrice tentennando il capo – a loro piace così, la puliranno un po' e la riempiranno di diavolerie tecnologiche e faranno un orto sterile e immangiabile. Verranno tutti i giorni a porti domande assurde, e a esaminare questo strano esemplare di vecchio poetastro. E tu andrai in brodo di giuggiole per la bionda e ti fingerai esperto erborista e agrimensore.

– Non credo proprio – ho risposto.

– Io credo di sì. Non sopporti più di stare da solo. Non nasconderlo.

Non ho risposto. L'istrice è tornato nel verde a rodere tuberi e bulbi. Io ho cucinato di malavoglia una zuppa di patate pallide. Un usignolo cantava nel buio un dolore segreto. La notte ho sognato i mammut, e il Catena che mi chiedeva i colori per dipingere.

2.

Possiamo fingere di non avere rimpianti?
Possiamo dire, tutto è stato fatto
E i desideri che ci abbandonarono
Fu perché lo volemmo. Possiamo
Dimenticare invidia e ambizione
E il disprezzo non solo del vile
Ma anche del grande e del nobile
Che la nostra pochezza svela.

Più non avrai, dice la voce nel buio
Una donna che amammo ci respinse
Un libro iniziò e fu subito cenere
Tradimmo un amico e un nemico ci vinse
C'è un quadro in una stanza nascosta
Un animale nel bosco non visto
La più bella farfalla ci volò alle spalle
Una porta ci attese invano
E nei nostri migliori ricordi
Come nelle fotografie da piccolo
Un'ombra vela il sorriso. Un'ombra
Incrina la certezza del saggio
La ferocia del guerriero, il languore del satiro
Ciò che non avemmo, ciò che ancora manca
In qualche nascosto ripostiglio del cuore
Un giocattolo in soffitta, un viso nella folla
E la goccia che stilla dalla grondaia
Il vasto mare ricorda. Poi piove
E disseta per un attimo ogni arido sogno.

Nella notte destato all'improvviso
Sull'erba umida ora ascolto
La domanda dei grilli e della civetta
Perché il mondo è vostro?
Perché temete il buio, che è metà vita?
Io nato a lume di lampada
Quella luce non ho scordato
Non capisco il terrore che attanaglia
Il cittadino, quando si spegne
Il macchinario incandescente
Che illumina i suoi vizi.

Maudit l'amour/che giovinezza invecchia
Il cui ricordo tormenta il giusto e l'ingiusto
Maledetta la vecchiaia e la sua poca saggezza
Imbianca il muso la volpe
E non se ne cura. Vive un giorno la falena
E si uccide nella vampa. Vivono a lungo
Tartarughe e pappagalli, senza calendari
Vivono a lungo i libri migliori
Altri giustamente sono dimenticati
Altri cadono e poi risorgono
Per duecento volte rilessi l'incipit
Aprile è il mese più crudele
Ma anche ottobre non scherza, disse l'amico
Che non ho più vicino.

Spio la vita degli altri. La mia non guardo più
Imbianca il muso del professore
Come la biacca del pagliaccio
Ogni sua smorfia è triste, ogni suo lazzo cade
A terra come un fazzoletto usato
Su, spera. Verrà un giorno danzando
Una speranza alla tua porta

Sulla slitta nella neve ancora sussurrerai
Parole d'amore segrete alla tua amata
Come nell'amato racconto.

Tre giorni sono passati. L'affare è fatto. Già da due giorni vigorose indigene pulitrici, armate di scopa e straccio, frequentano la casa azzurra. Questa mattina la sommessa preghiera della mia macchina da caffè è stata sovrastata dal rumore di un motore. Il fuoristrada nero è tornato con un grosso camion al seguito. Lei e Lui e altri hanno cominciato a scaricare casse e valigie, con una certa frenesia.

Anche se non stavo nella pelle per il desiderio di spiarli, sono andato al borgo a comprare generi di prima necessità. (Ebbene sì, noi poeti soffriamo davanti al male del mondo ma anche davanti a un frigo vuoto.) Normalmente viaggio con la mia vecchia Dyane, ma ora è in officina per un'artrosi alla cinghia di trasmissione. Il meccanico, il leggendario Divano, mi ha prestato una macchinetta rossa dal nome Flexus o Nexus o Sexus o latinerie simili. Lasciata la strada sterrata per l'asfalto, ho visto apparire dapprima il fungo di cemento della discoteca Bully, un Ufo sceso in mezzo alla campagna, con una triste nomea: ogni mese chiuso per droga e ogni volta misteriosamente riaperto. Poi il bar Marlon, con la grande insegna costruita dal maestro neonista Scheggia. In questo bar usano riunirsi i Marlons, centauri che cavalcano Harley Davidson. Il loro capo è il già citato meccanico Divano, cosiddetto perché grande, grosso e tutto rivestito di cuoio nero. Ho oltrepassato queste meraviglie e mi sono fermato in un piccolo supermarket odoroso di detersivo, dove ho comprato poco per me e molto per Ombra. Non vedevo l'ora di tornare a casa, per curiosare.

L'attività dei miei nuovi vicini era frenetica.

Da casa li ho spiati con tranquillità. Tra me e loro c'è una radura con gramigne e piante di lavanda, tagliata in mezzo dalla strada sterrata. La mia casa è su un poggiolo, il punto più alto di quella parte della vallata, vi si accede attraverso sette grandi gradini di pietra. Le nostre abitazioni sono simmetriche, dalla mia cucina posso vedere la loro finestra vicina all'entrata, dalla camera da letto quella di fianco. Non devo esagerare con la curiosità, anche se è forte la tentazione di usare il binocolo. Lui era in maglietta e sembrava nervoso. Lei aveva i capelli raccolti sulla nuca. Hanno continuato per più di un'ora, poi si sono placati, e ho visto le loro teste avvicendarsi alle finestre. Ho immaginato tutte le operazioni che si fanno in questi casi, l'ammasso dei mobili e la dolorosa scoperta di polvere, e ragni spaventosi. Ombra mi guardava con aria interrogativa, poi se n'è andato ma non verso la casa azzurra, si è diretto nel bosco dove impazza con due formose cagnette di paese.

Un po' di malavoglia mi sono messo al computer. Potevo scegliere se commentare una poesia del Catena scritta in manicomio nell'ultimo anno della sua vita.

Non dormo nel cristallo o nelle piume
Ma nella lava ardente e nei furori
Maudit l'amour che da queste stanze è escluso
E continua a chiamarmi dal di fuori
Come un amico stolto/che non sa che son morto.

Oppure lavorare ancora al mio libretto sulla poesia giocosa.

Brown stava in un podere tanto alto
Che per miglia chiunque poteva vedere
La sua lanterna mentre lui sfaccendava
D'inverno il pomeriggio dopo le tre e mezzo.

Questa mattina però era destino che non riuscissi a lavorare. Ho ricevuto due visite. La prima era uno scorpione che è apparso sul pavimento e che ho ucciso con un preciso colpo di pantofola. La seconda era Vudstok, il figlio dei fiori un po' appassiti.

Virgilio detto Vudstok abita in una casa rutilante di graffiti a un chilometro e mezzo da qui. Per lui il tempo si è fermato all'epoca del paleo-rock e di Woodstock. Ha la mia età ma porta i jeans scampanati e istoriati con disegni, gilè di cuoio, una lunga coda cavallina di capelli biancastri, e come ultimo tocco, una bandana sulla fronte. Lui pensa di assomigliare a Keith Richards dei Rolling Stones, a me ricorda una mia bisnonna che vidi rugosa e morente, con un fazzoletto bagnato in testa.

Vive con una compagna magrissima e contattista, che vede i marziani ogni giovedì notte, il che è peggio di un amante ma meglio di uno psicanalista. Hanno un camper giallo con la scritta BORN TO BE WILD. Producono oggetti come gioielli poveri, canestri, lavoretti in legno e così via, e li vendono nei mercatini. Coltivano un orto biologico che biologicamente ogni volta li delude. La maggior entrata di Vudstok è il piccolo commercio di marijuana, che coltiva in un canneto dietro casa. Quella la sa curare bene e due o tre volte ha avuto noie con la polizia, ma prosegue imperterrito.

È entrato senza bussare, si è stravaccato sul divano e ha acceso una sigaretta normale. Ma dalle pupille ho intuito che aveva già iniziato la giornata col suo vegetale preferito.

– Hai visto, hai dei nuovi vicini – ha detto. – Hanno una macchina che sarebbe esagerata nella Valle della Morte, figuriamoci qui. Speriamo che non siano dei borghesoni ricchi e che magari gli piaccia il buon vecchio rock.

– E magari che diventino anche tuoi clienti – ho detto a brutto muso.

– Sei un vecchio cazzone brontolone, eppure lo so che mi

capisci. Mi ricordi un certo Daniele. Eravamo a Zurigo per un concerto dei Led Zeppelin. In campeggio arriva una volante dei poliziotti svizzeri e...

– Me l'hai raccontata dieci volte. Daniele si è ingoiato una mattonella di hashish e non si è ripreso per due anni. Credeva di essere Giuda...

– Sì, e chiedeva scusa a tutti per strada. Ma quel concerto fu grandioso. Dopodomani forse andiamo al Sud, a casa della mia ex moglie, a sentire un concerto di tammurriata. Mi sono rotto di questi mercatini del cazzo, nessuno compra più niente. Ho dovuto persino vendere la mia chitarra a Armando Elvis, uno dei Marlons. A proposito, mi presti cinquanta euro? Te li restituisco, laggiù è un buon posto per fare affari.

Sospirando ho elargito la banconota. In fondo è un buon diavolo, e spesso mi ha dato una mano nelle piccole riparazioni di casa. Dovrebbe soltanto far uscire il disco della sua vita dalla copertina psichedelica dove lo tiene chiuso da anni.

– Grazie – ha detto. – Comunque, riguardo ai tuoi vicini, lui è un torvo, ma lei è una bella tipa, sembra la sorella del cantante dei Guns N'Roses...

– In che senso?...

– Va bene, diciamo allora che ha qualcosa di Stevie Nicks dei Fleetwood Mac.

– Li sei andati a trovare?

– Li ho incontrati per strada in macchina, mi hanno chiesto dov'era la ferramenta del paese, così gli ho venduto dei chiodi...

– Li avevi in tasca?

– Sono venuti a casa mia, avevano una gran fretta, lui è un tipo nervoso, rilassati uomo, gli avrei voluto dire. Ma lei è proprio bella strana, credo faccia la ballerina o qualcosa di simile. In casa c'era musica: Baba O'Riley. Gli ho chiesto se la conoscevano. Lui ha risposto: sì, credo che sia la sigla di un telefilm. Ma che cazzo di cultura abbiamo? Che tempi sono questi?

– Sono più giovani di noi, Vudstok. Puoi capirlo?

– Io mi sento sempre vent'anni – ha detto Vudstok alzandosi dal divano con lentezza da pitone, perché ha la schiena a pezzi. – Be', grazie del prestito. Te li restituisco quando torno, tra una settimana o due. Chissà, il vento ci porta.

– Ci faremo portare – ho detto.

– Esci da questa casa, professore – ha detto Vudstok con un sorriso sdentato. – Vieni in paese, vieni a un concerto, molla i tuoi poeti e ritrova i poeti della tua giovinezza, quelli con la chitarra.

– Li ascolto ancora anche io, – ho risposto – ho l'Umbertofono con tutti i Beatles, Mozart e il tuo buon vecchio rock.

– Si chiama iPod. Ti aspetto per una torta – ha detto allontanandosi, coi jeans che spazzavano l'erba.

Conosco le sue torte, ho pensato. La farina è l'ultimo ingrediente a cui pensa. Ma Vudstok-bisnonna ha ragione. Dovrei uscire più spesso di qui. Forse fare amicizia coi nuovi vicini...

Riprendo a spiare. Ora lui è fuori casa, fuma. Accenna dei passi ritmati di qualcosa, forse Tai Chi. Ginnastica orientale con la sigaretta in bocca. La chioma di lei balena all'improvviso alla finestra. Guarda proprio verso di me. Istintivamente rientro in casa, come se mi avesse scoperto. Lei chiude le imposte. Vado sul retro della casa a annaffiare i miei stentati fiori.

Intanto ho ricevuto un'altra visita. È avanzata cauta, accertandosi che non ci fosse il cane in giro. Si è fermata a trequattro metri da me.

– No, non ti hanno scoperto – dice la volpe. – Perché vuoi sapere di loro? I cittadini non amano noi selvatici. Hai qualcosa per me?

È una vecchia volpe dal muso imbiancato. Ha smesso di cacciare e rovista nelle spazzature della zona. Le hanno sparato parecchie volte, ma se l'è sempre cavata.

Ho due ali di pollo in frigorifero e gliele tiro.

Lei sgranocchia e poi dice con voce lamentosa:

– Nient'altro?

– Adesso pretendi il fegato d'oca? Perché non ti procuri il cibo come tutti quelli della tua specie?

– Sono vecchia, – ha detto la volpe, guardandomi con occhi neri e tranquilli – noi non ci vergogniamo dell'età come voi. Non ci dipingiamo il pelo e la coda, non ci riempiamo di medicamenti. Tutt'al più, un po' di citronella per l'intestino. Tu ti vergogni a essere vecchio?

– No, – ho risposto – anzi, be', sì, a volte un po'. Quando mi accorgo che non so più fare una cosa che sapevo fare.

– Ad esempio?

– Ad esempio dare la caccia alla volpe – ho risposto, mimando un cavaliere al galoppo.

– Spiritoso – ha detto la volpe, annusando il terreno. – Abbiamo dei vicini, ci sarà da mangiare un poco di più per me.

– Raccontami cosa buttano via – le ho suggerito.

– Hai ragione. Per capire come siete voi umani basta guardare non quello che avete, ma quello che sprecate.

– Analizzare la spazzatura è un lavoro da detective. Riferiscimi con cura.

– In cambio metterai su un pollaio?

– Toglitelo dalla testa, sanguinaria. Se vuoi una gallina cercatela.

– Ah, le galline – ha sussurrato con aria sognante. – Ricordo una notte tanti anni fa, nella fattoria dove adesso c'è il bedenbrecfast...

– Sembri Vudstok – ho detto.

– Lo detesto. Tutto quello che butta via è pieno di quell'erbaccia che mi fa camminare storta. E ha anche un fucile.

– Non ti sparerebbe. È pacifista.

– Uno che ha il fucile da caccia in casa non è pacifista – ha detto scuotendo la testa.

– Forse hai ragione. Io un fucile non ce l'ho.

– Tu sei un umano mite, ma non mi fido.

– Verrai un giorno a mangiare nella mia mano?

– Neanche per sogno. Be', allora, c'è qualcosa d'altro nel tuo... come chiamate la vostra tana fredda... frigorifero?

– Vuoi un po' di ghiaccio?

– Faccio la tana nella neve, non scordarlo – ha detto, ed è scomparsa tenendo alta la folta coda.

Sono rientrato e ho deciso di fare una mia ricetta speciale. Si chiama Vitello alla Souviens-Moi.

La ricetta è semplice.

Vitello alla Ricordati-di-Me

Prendete una fettina di vitello e sdraiatela nella padella con poco olio. Cercate di ricordarvi che l'avete messa sul fuoco e toglietela prima che si bruci.

Mentre iniziavo la mia operazione di alta cucina, ho visto fumo nero uscire dal loro camino. Spero tanto che lo facciano vedere a uno del mestiere prima di usarlo per davvero.

Poi lei è apparsa.

Aveva una tuta attillata e si è messa a fare dei movimenti come Lui, ma con maggior grazia. Danzava, concentrata, i capelli sciolti seguivano i suoi movimenti.

Non mi sono accorto che ero incollato alla finestra e che la guardavo incantato.

Mi giungevano le note di una musica. Era una canzone che conoscevo, ma non ricordavo quale. Esiste, me l'ha detto mio figlio, un programma che puoi "scaricare" sul telefonino, un prodigio che riconosce la musica a distanza e ti dice il titolo del brano e anche le diverse versioni.

Mentre la guardavo e l'olio sfrigolava, ha cantato Ella. Speravo fosse UmbertUsa, la sigla di mio figlio. Invece era una noiosa correttrice di bozze morbosamente attratta dai punti e virgola.

Lei, la ballerina, ha sentito quasi sicuramente la suoneria, ma ha continuato spavaldamente a danzare.

– Ha a portata di mano il testo? – diceva la noiosa.

– No, mi richiami stasera per favore.

Lei ha fatto una piroetta ed è sparita dentro casa.

Sono rientrato e dalla padella veniva un noto odore di bruciaticcio trop-tard.

Il vitello souviens-moi ha infatti tre varianti.

Il vitello nature, se vi dimenticate di accendere il gas.

Il vitello trop-tard, mezzo bruciato ma quasi mangiabile.

Il vitel tonné, vale a dire che dovete buttare via la fettina carbonizzata e mangiarvi una scatoletta di tonno.

Il fallimento gastronomico mi ha intristito. Non avevo più fame. Mi sentivo di colpo spaventosamente solo. Ho pensato di telefonare a Umberto, ma non era l'ora giusta, per via del fuso orario. Se poi non risponde al telefono, mi viene l'ansia. E ha già trent'anni...

Ho letto le notizie al computer. Mi sono messo in poltrona, ho preso la mia pillola. C'era un tale silenzio che sentivo il mio cuore battere al ritmo della pendola.

Come un amico stolto/ che non sa che son morto.

Improvvisamente la porta si è aperta ed è entrata una valanga nera: Ombra decorato con foglie. E sulla soglia ho visto Lei e Lui.

– Possiamo entrare? – ha chiesto Lei.

3.

Tu a chi somigli?
Tu somigli ad un altro o è l'altro
Che somiglia a te?
Sono io, o quello vero mi guarda
Ironico dal fondo dello specchio
O da una calma acqua.

E i pensieri si somigliano?
Non sono in fondo sempre le stesse
Variazioni di un vecchio pensiero?
Il primo amore è il più grande
Tutti gli altri lo mimano
Tutti i bambini sono
Ugualmente belli
I libri sono in fondo tutte fiabe
Tutti i film sono western
Tutti i quadri sono fotografie
Le fotografie sono quadri
Tutti non capiscono la mia arte
C'erano tutti alla prima?
Tutti quelli che contano
Tutti gli inverni i folletti
Raccolgono la neve
Che cadrà l'anno dopo
Sempre uguale il verso della tortora
Il nuovo gatto si siede sul cuscino
Dove viveva il vecchio gatto
Tutte le lapidi da lontano
Sono pietre uguali tra loro
Allora perché tra la folla

Io cerco un solo viso
Tra tutte le voci una sola
E nell'orchestra la sola
Nota sbagliata di un arco?

Poi, per tutti viene la morte
E come si presenta?
Piacere, ti dice. Io sono
La differenza.

DIVIDIAMO LA COMMEDIA "CHI HA BUSSATO ALLA MIA PORTA" IN TRE PARTI

IL PROLOGO. DESCRIZIONE DEI PERSONAGGI E DEGLI ARGOMENTI INIZIALI

Lui. Sui quarant'anni, un metro e ottanta circa, capelli lunghi neri un po' brizzolati dietro le orecchie, un ciuffo che cade sopra gli occhi, orecchino al lobo destro, naso aquilino, occhi nocciola. Un bell'uomo dal volto un po' crudele, modi nervosi, si accomoda sulla poltrona a gambe accavallate, parla a scatti, ha un tic che gli fa aspirare aria. Ha in mano un lustro telefonino nero che agita e guarda in continuazione. È vestito con jeans e camicia firmata, scarpe da trekking, ha mani lunghe e gialle da fumatore.

Si presenta come Aldo, pittore e mercante d'arte, spiega che Loro hanno intenzione di passare un po' di tempo in questo casale per lavorare, creare, pensare, perché la città è un inferno e non nasce mai niente di nuovo. Chiede se il professore conosce qualcuno per riparare il camino che non tira e altre imperfezioni della casa, scruta i libri sugli scaffali, usa subito il termine "noi artisti".

Quando non parla sembra non ascoltare, si agita annoiato. Autoreferenziale, viziato, e cupo, webdipendente. A prima vista non adatto alla vita solitaria del luogo. Riferimenti: un rapace notturno, un cattivo di Walt Disney. Lo chiamerò il Torvo.

Lei. Scostiamo la tenda sull'Ultima Duchessa. Trent'anni, Michelle. Una somiglianza con chi non vi dico. Alta, snella, capelli biondi lunghi e mossi, come una cascata silenziosa (*e attraversata quella scura foresta uscimmo al sole e vedemmo finalmente l'Eldorado*). Occhi celesti o forse blu con pagliuzze argentate, colorito pallido. Un viso piuttosto irregolare con una piega che le rende la bocca imbronciata, al tempo stesso luminosa e ombrosa, spalle aguzze da adolescente, lunghe gambe che non accavalla, dritta sulla sedia come una scolaretta. Ogni tanto lancia azzurri sguardi interrogativi. Apparentemente sicura del suo aspetto. Voce un po' roca, gesti eleganti. Si dice attrice e ballerina con una risata forse di timidezza, forse di incertezza. Ascolta con attenzione, guarda tutto intorno la tana del Vecchio Vicino, si lamenta che la notte si sentono versi e gridi di animali mentre lei pensava che tutto lì fosse silenzio, si informa se c'è una palestra nelle vicinanze. Non guarda Aldo quando lui parla. Difficile dire se questo eremitaggio le piacerà. Riferimenti, anzi sensazioni in corsa, come onde: Botticelli, Bowie, le tenniste russe. Per il Professore è già la bionda Principessa del Grano.

Il Professore. Calato nella parte del Saggio, parla con calma ma dentro è agitato.

Ha precisi e eleganti gesti della mano, gli stessi che usava quando insegnava. Racconta di Vudstok e lo raccomanda, lo hanno già conosciuto, è un tipo bizzarro, ma utile e abile per le riparazioni. Non ha mai sentito di una palestra ma sa che a poca distanza vive una signora che fa massaggi orientali, offre un caffè gentilmente rifiutato, si scusa se Ombra sarà invadente, che lo scaccino pure.

Riferimenti: nessuno, il professore è imparagonabile, impareggiabile.

Ombra. Fa finta di dormire ma segue tutto.

IL DIALOGO PROSEGUE

– Oh no, non lo scacceremo, – dice lei – è un cane bellissimo.

– Ne avevamo uno anche noi, – dice il Torvo – ma non abbiamo potuto portarlo, è un boxer splendido, ora vive con mio fratello.

– Questo è un buon posto per i cani – ho spiegato. – Ma ovviamente, diventano un po' selvatici. Come gli indigeni.

– A me basta avere aria da respirare – dice Aldo il Torvo – e non avere a che fare con le persone con cui lavoro abitualmente. Non ne posso più della loro pochezza. All'ultima mostra che ho fatto stavo per mettermi a urlare, tanto erano cretini i discorsi. Cerco di fare bene le cose, ma volendo potrei vendere delle croste, tanto la gente non distingue un buon quadro.

– Non vado a una mostra da tanto tempo, – dico con un vezzoso gesto di stanchezza – ma immagino che gestire una galleria d'arte non sia facile.

– È come nel teatro, – dice Michelle – dieci cose brutte e una bella. Il lavoro non è molto, bisogna avere idee.

– Michelle sta scrivendo una commedia per poterla rappresentare – dice il Torvo.

– Oh, sono appena all'inizio...

– Be', qui potrà scrivere in pace.

– Io ho letto il suo libro sul Catena. Personaggio affascinante, – dice lui – uno che ha pagato di persona la sua originalità. Non diciamo naïf, è un termine orribile.

– Come lo ha scoperto? – chiede lei.

– Oh, non l'ho scoperto io. La sua esistenza venne rivelata a metà Novecento, quando tre quaderni scritti da lui furono trovati da uno psichiatra, e consegnati a una rivista letteraria a cui collaboravo. Io ho solo cercato altre tracce della sua vita.

– Abitava qui, vero?

– Sì, è nato nella casa che ora è un rudere, prima del bivio verso il lago. In realtà ha passato quasi tutta la sua vita in manicomio. E ci è morto suicida.

– Si dice dipingesse quadri – dice lui.

– Sì, con scene orribili, – rispondo – ma non ne ho mai visto uno, credo sia una leggenda.

– È un posto pieno di storie che fanno paura, – sussurra la Principessa – e quella leggenda della promessa sposa annegata è molto triste. Ce l'ha raccontata quello che ci ha affittato la casa.

– La gente di qua sembra un po' chiusa, – dice il Torvo – sembra che custodiscano segreti. Ma la gente di città, anche se sembra aperta e sincera, è peggio.

– La gente di qua (della leggendaria terra di Quah) è ancora radicata alla terra, stirpe contadina, – rispondo – e non legano subito con i forestieri. Ci ritengono pazzi e viziati. Forse un po' lo siamo. Però dopo il sospetto iniziale possono diventare molto cordiali. Anche un po' invadenti, come il vostro padrone di casa.

– È un gran cafone – precisa il Torvo.

– Ma dai, mi ha solo fatto un complimento – lo corregge lei.

Silenzio. Ombra sospira, la pendola batte. Le tortore si lamentano.

– Be', scusi se abbiamo subito turbato la sua intimità. Non la invaderemo troppo, stia sicuro – dice Michelle con un bel sorriso.

– Anche noi abbiamo un gran bisogno di solitudine – aggiunge lui.

– Oh, io non mi sento solo, – mi schermisco – mi sento lontano da alcune cose, questo sì. Ho dei momenti in cui avrei voglia di avere con me una tavolata di amici. Ma passa sempre qualcuno di qui, c'è una piccola comunità. E poi c'è Ombra.

Ombra annuisce con la coda.

– Vedo che lei ha molti libri – dice il Torvo. – Io ne ho portati una piccola parte, ne ho la casa piena. I libri tengono compagnia. Una volta ho anche fondato una piccola casa editrice che pubblicava libri d'arte. Se vuole gliene porto qualcuno.

– Sono belli – dice lei. – Ma si vendevano poco.

– Si vendevano *a pochi*, – la corregge lui un po' irritato – rispetto ai costi erano libri con illustrazioni perfette, carta pregiata. Non certo la robaccia che si vede in giro.

– I lettori sono sempre stati una minoranza, nei secoli dei secoli – sentenzio. – Ma una minoranza fertile, che sa contagiare e creare cultura. I suoi libri non andranno persi se sono belli, qualcuno li sta leggendo anche adesso.

– Lo spero – dice lui. – Be', dobbiamo andare. Devo montare la televisione. È orrenda, come lei sa bene, ma noi ci sintonizziamo su Arte, un canale francese.

– So cos'è, ma non ho televisione. Solo un antiquato computer, vecchio di ben sette anni, che uso con parsimonia.

– C'è un segnale basso qui, – dice lui guardando il telefonino malato – ci collegheremo con la chiavetta. Immagino che nessuno qui abbia un wireless. Lei ha una connessione?

– Ho la chiavetta anche io, ma se va in paese tutti hanno collegamenti cosmici. Ci sono più telefonini costosi qui che in città. E come ha visto, tutti hanno l'antenna satellitare. Il piccolo mondo guarda il grande mondo e viceversa. E ognuno crede di capire l'altro.

– E lei capisce lo spirito di questo luogo? – mi chiede Michelle.

– Ascolto le storie. Le storie aiutano. Ma ci sono storie segrete che ancora non conosco. Aspetto che me le raccontino.

– Aspetteremo anche noi. È stato un piacere.

– Se le serve qualcosa noi siamo qui – dice il Torvo. – Se vuole le facciamo la spesa.

– Grazie. Sono vecchio ma guido ancora la macchina. Ora è dal meccanico, ma la conoscerete. È una Dyane vetusta e barcollante. Ombra adora viaggiarci. Quindici anni fa – dico con un cenno di rimpianto – ci ho girato tutto il Messico.

– Il Messico, – dice estatica la Principessa del Grano – ci sono certi volti qui, che me lo ricordano. Ma mi dica, ho sognato o stanotte c'era un bambino che urlava?

– È il verso del fagiano – rispondo con un sorriso.

– E questo tu-tu-tu monotono? – fa lui.

– Tortore.

Poi frasi di congedo.

QUELLO CHE NON VIENE DETTO MA C'È

Loro. Sono venuti qui e vorrebbero ricreare esattamente la situazione da cui sono partiti. Televisione internet macchina amici casino e nella notte allarmi di auto invece dei fagiani.

Sarà dura quando scopriranno che i trattori lavorano i campi di notte. E quanti insetti preferiscono la campagna alla città.

Lui. Non è contento dei pochi riconoscimenti avuti. È andato via dalla città dopo una serie di eventi da lui ritenuti fallimentari. È viziato, ha ereditato la galleria dal padre. Dipinge ma non sa se ha vero talento, gli basta disprezzare quello degli altri. È fiero di lei e della sua bellezza, però ci tiene a non farlo vedere, a non mostrare dipendenza. È invidioso, ogni attimo della sua vita. Ha avuto molte donne e ci ha giocato, come coi quadri, che non ama veramente.

Ritiene il professore un vecchio rottame, ma teme la sua cultura e teme di essere smascherato. È a un punto difficile della sua vita e non sa se resisterà in quella casa piena di ragnatele e spifferi. Rimpiange già il tumulto della città. Ma terrà duro, non tornerà senza qualche vittoria in tasca. Intanto passerà ore al computer a spiare la vita degli altri.

Lei. Nella coppia sembra star da parte ma probabilmente tiene lui in pugno. Delusa dalla sua carriera, annoiata, seduttiva con moderazione. Molto più sincera di lui. Si sente a disagio in un teatrino così piccolo, ma nel teatro più grande qualcosa l'ha ferita. Di uno splendore esausto, quieta nel parlare e nel camminare.

Un collega del professore, anche lui predatore di bellezze dell'Ateneo, era solito attribuire le donne preferite a due tipologie. La prima va separata dal branco, per poterla attaccare da sola. La seconda è come una tela celebre di un museo. Mentre la guardate, dietro di voi altri ammiratori si accalcano, spingono, sbuffano chiedendo spazio. Il professore non sapeva a quale categoria assegnarla, ma sapeva che era una di quelle donne che non sono clamorosamente belle, ma che attraggono gli uomini in modo irresistibile e misterioso. Immaginò in un attimo la gelosia di lui, immaginò di essere geloso di lei.

Il professore. Imperdibile nella parte del Saggio che conosce la rude montagna, anche se non potrebbe vivere senza le sue comodità casalinghe. In Aldo rivede sé giovane, la sua spocchia e il suo modo di detestare, anche il ciuffo è lo stesso. Con lei una volta avrebbe giocato la parte dello zio gioviale pronto a trasformarsi in satiro, ora prova solo un leggero turbamento quando la guarda negli occhi. Si sente comunque come se qualcuno avesse tirato una bomba nel suo tranquillo specchio d'acqua. Il problema è che lei è molto simile, nel viso e nei gesti, all'unica donna che è sicuro di avere amato.

VERSO SERA

Verso sera sono uscito a fare due passi. Le luci della casa azzurra erano spente. La macchina non c'era. Dopo poco Ombra era al mio fianco.

– Be', sembrano affidabili – ha detto superandomi.
– Sì, abbastanza.
– Lei ti piace, vero?
– Mi ricorda una persona, tanti anni fa.
– Quando io ero un cucciolo rompicoglioni?
– No, molto di più. Quattro o cinque cani fa.
– Era anche lei bionda labrador con gli occhi da husky?
– Proprio. Ci siamo annusati, ci siamo piaciuti e amati.
– E poi?
– Lei era molto gelosa.
– E poi?
– Poi io non le fui vicino abbastanza. Tutto finì. Non con uno schianto ma con un sussurro, come dice il poeta.
– È morta?
– Basta parlare di queste cose, è un mio segreto.
– La amavi come Umberto tiracoda?
– In modo diverso. E adesso lei è ritornata, nella compiuta splendente giovinezza di questa donna. E io sento una spina nel cuore.
– Ti credevo poligamo come me.
– Lo sono stato. Ora non sono più niente.
– Via via, niente tristezze. Pisciamo insieme?
– Va bene.
Il che fecero.

4.

Dolce è la vita dei complici
Adulano, adorano, difendono
Il loro tiranno giorno dopo giorno
Accettano ogni ingiusto privilegio
E chiedono di più. Camminano
Imitando la sua andatura
Gli prestano il pugnale
E ripuliscono con cura
Il sangue dal pavimento
Con giacca blu o con l'armatura
Attraversano il tempo.

Dolce è la vita dei complici
Che quando gira il vento
Cantano con nuovi strumenti
La novità del cambiamento
No, noi non c'eravamo
Se c'eravamo, fu un puro caso
Chiudiamo questa brutta pagina
Il passato è un libro chiuso
Fu solo una brutta commedia
Scritta da un autore confuso.

Dolce è la vita dei complici
Che dopo una tinta e una doccia
Il nuovo padrone circondano
Di gomma hanno il culo e la faccia
A ogni suo scherzo ridono
Rapidamente mimetici
Perché ricordare? I morti

Non usano protestare
In paradiso si perdona
All'inferno hanno altro da fare
Giù le armi, abbracciamoci
Nuove carte, nuova partita
Dolce è la vita dei complici
Anche se è metà vita.

Martin si accingeva a una lunga passeggiata al lago, e Ombra gli girava attorno eccitato. Aveva già la mano sulla maniglia della porta quando udì un crescente rumore di ruote. Una lustra elegante Jaguar si fermò sotto i gradini della casa. La portiera si aprì e lentamente, come un orso che esce da una tana troppo stretta, ne uscì un antropoide. Prima le gambe tozze ornate di scarpe inglesi, poi la notevole pancia, infine il torso e le note fattezze del suo collega Remorus. Capelli ricciuti tinti di uno spaventoso rossiccio orangutano, volto largo, naso schiacciato, guance rubizze accuratamente rasate. Un Bacco da film porno, un attor comico in disarmo, il ruffianissimo, melensissimo adulatore dell'Ordine Costituito Victor Remorus, con un completo color panna e cravatta rosso pompiere.

Guardò in alto e fece il saluto romano. Era un modo, a suo parere irresistibile, per ironizzare sulle diversità ideologiche col professore. Poi iniziò a salire la scalinata borbottando qualcosa sulla scomodità del luogo e pestò regolarmente la merda di Ombra (come prescrive il dodecalogo del cane che elencherò più avanti).

– Accidenti al tuo cagnaccio, almeno potresti pulire.
– E tu potresti guardare dove cammini.
Si pulì raspando e riprese la sua recita di allegria.
– Salve, amico eremita, – disse con la consueta ditata sul-

la clavicola che mandava in bestia il professore – sorpreso di vedermi? Tieni lontana la tua bestia.

Non c'era bisogno. Da quando Remorus gli aveva tirato un calcio scambiando le sue feste per un assalto, Ombra odiava con segreta ferocia quell'uomo dalle scarpe puzzolenti di lucido. Si era già messo da parte, con la coda allertata.

– Solo tu puoi avere paura di un vecchio cane – disse il professore.

– Ti piace la mia nuova macchina? – disse Remorus, asciugandosi la fronte con un fazzolettino viola estratto dal taschino. – È una Jaguar tremila. E la tua dov'è? L'hai rottamata, finalmente?

– È dal veterinario – rispose il professore.

Remorus rise. Rideva in levare, risucchiando l'aria. A teatro faceva ridere gli altri spettatori e accettava questo come un omaggio.

– Jack, quando ti deciderai a lasciare questo posto? – disse rotolando attraverso la porta e crollando sul divanetto ansante. Al professore aveva sempre ricordato una grossa carpa, di quelle che si azzuffano per un pezzo di pane nei laghetti.

– Mettiti comodo – gli disse Martin con un sospiro.

Si era rassegnato a essere chiamato Jack da quella carpa che si riteneva suo amico senza che lo fosse mai stato. Ma ormai permetteva qualsiasi interruzione della sua solitudine, come un santone accetta i peggiori adepti.

– Vuoi bere qualcosa? – disse come da rituale.

– Scotch con ghiaccio – disse Remorus.

– Ho solo del rum.

– D'accordo, del rum. E due percussioniste cubane – disse Remorus, riciclando una battuta dei tempi andati.

Il professore gli versò le ultime stille di rum da una bottiglia impolverata, e un cubetto di ghiaccio dal ronzante frigorifero.

– Tu non bevi con me? – disse Remorus.

– Non ce n'è più, – disse il professore – e dovresti ricordare che ho smesso di bere.

– Jack non beve, non fuma e non scopa – rise Remorus. – Jack è invecchiato male. E dire che ne abbiamo fatte di cotte e di crude insieme, collega. Ricordi quella gara coi boccali di birra? E la cameriera che ti si è seduta sulle ginocchia?

– Non ricordo – disse il professore con fastidio.

– Non fare il bravo ragazzo con me, Jack. Ti ho in pugno. Allora non avevo un cellulare per mettere i tuoi filmati su YouTube, ma se lo potessi fare adesso... e non guardarmi con rimprovero. Absolve me.

– Per quelli come te, – disse il professore scandendo le parole – assolversi è questione di un attimo. Noi mortali invece ci arrovelliamo.

Remorus sbuffò e scoreggiò in rapida sequenza.

– Non mi hai ancora perdonato, vero?

– Non c'è niente da perdonare, – disse il professore – tu sei a tuo agio in questi tempi, anzi in tutti i tempi. Io no. La differenza c'è.

– Presto mi candiderò a senatore – disse Remorus facendo tintinnare il ghiaccio nel bicchiere. – Questo aggrava la mia posizione, Jack?

– No, se ti candidi con un'opposizione di qualsiasi tipo – disse Jack.

Remorus risucchiò aria e pollini con la sua risata. Starnutì e riscoreggiò quasi simultaneamente. Aveva una sua atmosfera interna, assai turbolenta.

– Vuoi che ti parli dei vecchi colleghi? O delle mie nuove allieve?

– Come sta Marras?

– Male. La chemioterapia lo ha ridotto a uno scheletrino pelato. Non fa più lezione.

– Mi dispiace molto – disse il professore.

– A me no. Tu e lui mi avete sempre ostacolato, ma almeno io e te ci siamo sempre parlati, lui neanche mi salutava.

– È un collega onesto e preparato, – disse il professore – avrebbe dovuto essere rettore se tu e la tua cricca...

– Niente prediche, Jack – disse Remorus con un gesto infastidito. – Vuoi sapere degli altri? Fornara ha piantato la moglie per una sua assistente. Finalmente l'ho visto ridere. Macciocchi continua a parlare in latinorum e a ingrassare. Gli studenti lo chiamano MacDonald. Dini continua a bere e a pubblicare libri plagiati, non demorde, il vetusto frocio. Poi ci sono i nuovi. Uno ti piacerebbe, Rossini, è un coglione predicatore come te, passa il suo tempo a studiare e agli esami dà il diciotto a tutti, anche a chi gli sputa in faccia. Poi c'è una grecista di nome Fiorenza, non credo abbia mai visto un cazzo in vita sua, tu sai che a me le brutte non dispiacciono, se la giocano tutta in una scopata, ma lei proprio me lo smorza, oltretutto ha anche un alito fetente.

– Vuoi elencare altre perfidie?

– Sì, – disse Remorus implacabile – dei tuoi assistenti preferiti uno, Franceschi, è andato a insegnare in un ateneo del cazzo in Svizzera, l'altro è passato dalla mia parte e fa il portaborse del ministro Biondello, a te sgradito. Ti ha tradito, Jack.

– Ne hai dimenticata una – sussurrò il professore.

– Già, la tua preferita, Violetta, la rossa incendiaria, la dolce puttanella che ti ha circuito.

– Si è meritata la carriera che ha fatto – disse il professore. – So che fai fatica a crederlo, ma in rare occasioni un po' di fortuna arriva a chi se lo merita. E tu, oltre che diventare senatore, che progetti hai?

– Hai già capito che sono qui per qualcosa, diabolico Jack. Cazzo, dammi da bere, una cedrata, un gingerino, ho la polvere della strada in bocca.

– Acqua del rubinetto, – rispose il professore – acqua di un paese con sindaco quasi comunista. La vuoi ancora?
– La voglio.

Il professore gli porse un bicchier d'acqua e lo guardò arrotolarsi sul divano cercando una comodità consentita alla sua corporatura. Cambiò posizione, senza emettere rumori stavolta, e assunse un'aria grave.
– È un progetto ambizioso, Jack, ti piacerà. Una casa editrice.
– Non l'avevi già?
– Non per pubblicare i miei libri, una casa editrice di mia proprietà. Sono riuscito ad avere un finanziamento europeo considerevole. Ho già la sede in centro. Ho assunto in nero due redattrici, una ben provvista di tette che ti piacerebbe. Ho già un co-editore che mi distribuisce, so che è un nome che non ti piace, ma aspetta a giudicare. Quindici-venti titoli all'anno. Che ne dici?
– Sono contento per te.
– Contento un cazzo, Jack. Hai capito già. Ho bisogno di qualcuno che mi curi la saggistica. Poco impegno: tre, quattro titoli all'anno. Voglio un nome stimato. E per qualche assurda ragione, nell'ambiente hanno ancora stima di un pensionato isterico come te. Avrai massima libertà, te lo giuro. Su ogni libro scriveremo "collana a cura di". Puoi scegliere tu il nome. Pensierini, Pensieroni, Paralleli, Pillole, Puttanate del Professore. Quello che vuoi.
– Le Ombre ti piace? – disse il professore.
– Non sto scherzando, Jack. Ti interessa allora?
– No. Non credo.
– Hai paura di sporcare il tuo nome? – disse Remorus con un ghigno che gli deformò la pappagorgia. – Hai paura che dicano che ti sei unito al nemico? Davvero di questi tempi hai ancora questi dubbi? Sei un dinosauro.

– Non capisco perché me lo chiedi, allora.

– Perché ne ho bisogno, cazzo, – esclamò Remorus – ho bisogno di qualcuno che dia prestigio. Dovresti ringraziarmi che ti tiro fuori dalla tana, invece di guardarmi con quell'aria superiore. Hai fatto le tue marchette anche tu, magari con più classe di me, ma le hai fatte. Quindi non chiedermi perché te lo chiedo. Chiediti perché tu vivi qui e io in trecentosessanta metri quadrati in centro. Chiediti perché io continuo a andare a figa e tu ti fai pippe per nicchie scrivendo sulla poesia giocosa. Chiediti perché questo paese assomiglia più a me che a te.

– Ti sbagli, – disse il professore – non assomiglia né a me né a te. Comunque, se lo vuoi sapere, credo che mi useresti come alibi per pubblicare robaccia.

Remorus rimase in silenzio, grattandosi il mento.

– Andiamo al ristorante, – riprese a dire – so che ci vuole del tempo a convincerti. Ma sono sicuro che se ne parliamo con calma, in clima di amicizia, ne verremo fuori.

– Noi non siamo amici – dissero il professore e Ombra.

– Sei sempre il solito superbo, – disse Remorus, fingendo mestizia – io ti sono amico. Parlo sempre bene di te, non racconto il tuo turpe passato di predone di studentesse, ho detto al mio co-editore che tu saresti la persona più adatta, ho cantato le tue lodi... dovreste conoscervi... come ha detto qualcuno, "sempre vorremmo che i nuovi amici conoscessero i vecchi"...

– Il qualcuno è Yeats.

– Era un test per vedere se sei rincoglionito – mentì Remorus. – Allora che mi dici?

– Ti ringrazio, davvero, – disse il professore – non ti dico no per ripicca. Ho poche energie e le dedico tutte al lavoro che riesco a fare. Sono un dinosauro, come dici tu, e cerco di estinguermi senza troppa tristezza.

– Non ci riuscirai, Jack. Hai la faccia di uno che sta da solo troppo tempo. Potresti lavorare da qui, col computer. Potrei mandarti ogni tanto la redattrice formosa. Potrei pagare bene...

Il professore sospirò. Guardò fuori dalla finestra, il cielo si rannuvolava, si preparava pioggia. Ricordò i vecchi tempi, rivide Remorus come lo aveva incontrato la prima volta, coi capelli biondicci e non tinti, intento a corteggiare una sua assistente. Capì dalla prima conversazione che quello era un adulatore nato, uno che avrebbe scalato i gradini della celebrità universitaria. Rivide se stesso, quando era convinto che i tempi sarebbero cambiati. La sua aula universitaria e il finestrone che dava sui tetti rossi, i passi solitari nella biblioteca odorosa d'inchiostri. Non si chiese perché quel grosso, mediocre, debordante individuo avesse scavalcato persone nobili come Marras. In qual modo li avesse tritati con la macchina del suo servile cinismo. Non se lo chiese perché lo sapeva.

– Dammi tempo, Remorus. Una settimana, poi ti rispondo.

– È un modo per scaricarmi, Jack?

– No – mentì il professore.

– Ci vieni al ristorante?

– Non ho una gran fame.

– Ti verrà, dai, entra nel Jaguarone tremila. È come viaggiare in una vettura dell'*Orient Express*. Andiamo subito dopo Borgocornio, da Bollini, è su tutte le guide, è a mezz'ora di macchina.

– Ti costerà una cifra – disse il professore.

– Il meglio per noi – sorrise Remorus. – Accetti?

Martin non rispose, ascoltava un rumore dietro la casa, dove c'era una poltrona sfondata nel piccolo patio e il poggetto declinava verso il bosco. Una specie di grugnito.

– Allora andiamo? – chiese con insistenza Remorus.

Chez Bollini

Musica in lieve sottofondo. Il professore riconobbe le note dell'Ultimo Valzer di Reissiger, brano semplice che Edgar Allan Poe, per qualche misteriosa ragione, aveva definito "selvaggio".

Si trovavano in una grande cantina dalle alte volte. Uno stanzone irregolare, poco illuminato e con riflessi purpurei. C'era odore di intonaco umido e mosto. Al centro della stanza, una grande tavola tonda apparecchiata solo per due. A una parete un esercito di bottiglie pregiate in bella mostra. In un'altra, un arcimboldo guerresco con fucili di tutti i tipi. Nei muri nicchie oscure e tetre che ricordarono al professore un racconto di Poe, *Il barilozzo di Amontillado*. E sulla parete più grande, una sequenza di teste di cinghiale, tra cui un formidabile maschio zannuto che sembrava guardare proprio verso la sedia dall'alta spalliera ove era assiso il professore.

Sul tavolo, in pennellate di bianco e rosso, un grande piatto di formaggi e affettati, circondato da calici di vino. Remorus mangiava con rapidità e avidità, prendeva fette di capocollo e prosciutto e le ingoiava in un boccone, intingeva i triangoli di formaggio nel miele e nella mostarda, infilò un dito dentro un formaggio molle e se lo portò alla bocca, succhiando con espressione di beatitudine. Nella scarsa luce, sembrava un gigantesco bambino. Martin mangiava con moderazione, arrotolando le fette intorno a un grissino, e annuiva con cenni del capo alle frasi che Remorus gli riservava tra un boccone e l'altro, a volte anche durante la masticazione.

– Grandi affari, Jack! Grandi affari faremo insieme. Assaggia questo formaggio col pepe, è formidabile. Grandi affari!

E fece scomparire in gola un sorso di vino rosso.

Martin un po' brillo guardò i trofei sul muro e disse:
– Non voglio mangiar troppo adesso, se no non mi gusto il piatto forte.
– Saggio Jack, hai ragione, il piatto forte – disse Remorus.
E il piatto forte arrivò. Un rumore di passi discendenti annunciò l'arrivo di Bollini, chef e capocaccia. Teneva in una mano una bottiglia e reggeva con l'altra un grande vassoio fumante con polenta e carne.
– Scusate se vi ho fatto aspettà, ma c'è un trojaio di gente – disse Bollini.
Era basso, di corporatura robusta, folti baffi e volto violaceo. Il sorriso gli dava un'espressione di furbizia un po' diabolica. Al professore, chissà perché, venne da pensare al mercante della leggenda del lago. Adone Bollini posò il vassoio sul tavolo con gesto elegante, si arricciò i baffi e disse con orgoglio:
– Polenta e cinghiale. Così non la mangiate in nessun'altra parte del mondo.
– Lo so, lo so – convenne Remorus con voce impastata di formaggio. – Siediti con noi, Adone, bevi un bicchiere di rosso.
– Un minuto solo, il ristorante è pieno – rispose Bollini, e accettò il calice, prendendolo con garbo tra le mani tozze.
– Il vero cacciatore è quello del cinghiale, – disse poi indicando i trofei – io ho sparato a tutto, fagiani e lepri e anche ai cervi e agl'istrici, ma come il cinghiale non c'è nulla. Quella è la vera caccia.
– Questi trofei sono suoi? – chiese Martin con deferenza.
– Tutti uccisi da me. Veri cinghiali, non porcelli selvatici. Quello – indicò – l'ho ucciso su al passo, l'abbiamo ferito e ci ha caricato ancora, poi bum, un altro colpo e s'è rialzato e ha caricato ancora, è morto a due metri da me. Nessuno ha la testa forte come quella del cinghiale. Come una locomotiva. E quello – indicò – mi ha sbrindellato un cane, povera bestia, prima che lo riempissi di pallettoni. E quello? – indicò

il cinghiale grande. – Credetemi, ne avrò ammazzati un centinaio, ma uno così non lo avevo mai visto, perdio. Centosessanta chili pesava, un gigante. Quando lo abbiamo sentito correre nel bosco, faceva rumore come una truppa di uomini. Che spettacolo. Voi cacciate?

– Il professore e io davamo la caccia all'allodola, – disse Remorus, e fece un gesto osceno – tu mi hai capito Adone, adesso io pratico ancora, il professore è in pensione.

Remorus rise e ingoiò un pezzo di carne, il professore lo imitò scuotendo la testa.

– Via, non si faccia menà in giro da questo buontempone – disse Bollini. – Vi piace? È frollato per bene, tanti ne ho ammazzati e tanti ne ho mangiati e serviti.

– È squisito – disse Martin, e fissò la testa del cinghiale, perché gli pareva che guardasse proprio verso di loro, con occhi vivissimi.

– Non ci sono più cinghiali come quello, – disse Bollini con mestizia – adesso li incrociano con le scrofe, sono porcelli selvatici, vengono a mangiarti sottocasa, non hanno più aggressività, invece di attaccare scappano. È davvero triste, non c'è più gusto.

Un rumore strano distolse l'attenzione del professore dal volto arrossato di vino del capocaccia. Notò che, proprio sotto la testa del cinghialone, alcuni calcinacci si erano staccati dal muro ed erano caduti a terra.

– Niente, niente, – disse Bollini, mentre Remorus ingollava polenta – son muri vecchi, andrebbero ridipinti. Ma ripeto, i cinghiali son diventati delle maiale coi peli, sono dei gran codardi.

Il rumore continuò. La cantina sembrò di colpo più buia e il professore osservò con stupore che nel muro, sotto la testa del Re dei Cinghiali, si era aperta una larga crepa verticale.

– Che succede? – esclamò Bollini, col calice sospeso.

Il professore cambiò la sua espressione stupita in terrore. Il muro in una nube di polvere si squarciò, e dall'apertura uscirono le zampe anteriori del cinghiale, e metà del corpo. Gli occhi veri e feroci fissarono i commensali.

– Santoddio – disse Bollini facendosi il segno della croce.

Non ebbe quasi il tempo di finire il gesto. Il cinghiale intero e gigantesco balzò sul pavimento, lo caricò e lo schiacciò contro il muro. Si sentì il rumore della cassa toracica del capocaccia che si rompeva come un biscotto.

Il professore restò paralizzato sulla sedia, Remorus invece si alzò con imprevista agilità e cercò di fuggire per la scala.

Inutile. L'animale lo stese a terra con una testata e le sue zanne infierirono su di lui, come un toro col torero caduto. Remorus rimase a terra in un lago di sangue.

– Codardi, vero? – ringhiò il mostro. – E ne avete ammazzati cento? Ora mangiate uno dei miei discendenti!

Il professore restò sulla sedia, imbalsamato dal terrore.

Aprì gli occhi e vide una falce di luna. Era seduto sulla vecchia poltrona sfondata, nel patio posteriore della casa. Era sera tarda. Dal limitare del bosco il cinghiale lo guardava.

– Paura, vero? Be', questo è ciò che ti sarebbe successo se tu avessi accettato l'invito di quel buffone ritinto e fossi andato al ristorante.

– Non ho accettato – disse il professore.

– Comunque, che la storia che ho raccontato ti sia di ammonimento, – disse il cinghiale – non ti venga magari in mente di mangiarmi con la polenta, uno di questi giorni.

E sparì dentro il bosco. La luna correva tra le nubi.

5.

Tra folli sani e folli, i sani vincono
Scappate gente, Catena son chiamato
Al mio sguardo furioso incatenato
Tra queste mura tristi io vissi
Il maggior tempo di mia vita mortale
Male non feci, male mi fu fatto
Mi venne inflitta la tortura del curare
Rinchiuso in gabbia io dipinsi, io scrissi
Solo l'anima mia riuscì a volare
Il corpo restò al suolo, e ognun l'uccise
Con scosse e farmaci, e diagnosi precise.

Tra folli sani e folli, i sani vincono
Libertà persi e libertà ripresi
Con i miei quadri, con i miei versi
Scappate gente, Catena son chiamato
Al mio sguardo furioso incatenato
Perseguitato perché sento voci
Le voci che nel muro chiuse stanno
Odo le voci di segreti atroci
Vedo gli sguardi dietro gli usci chiusi
O forestieri guardate ciò ch'io vidi
Lei non si uccise e io non mi uccisi
Nel grano un fiore rosso era cresciuto
Reciso dalla falce, è rispuntato
In versi irregolari, in versi rari
Verità che fu offesa, si prepari
Ogni segreto un giorno sia svelato.

DOMENICO RISPOLI detto IL CATENA

Ma adesso è ora di cena.

Honoré de Balzac

Due giorni dopo il turbinoso passaggio di Remorus e il mio diniego, fui invitato a cena dal Torvo e dalla Principessa del Grano. Questa volta accettai, anche se con un lieve senso di disagio. Perciò, nell'attesa, decisi di fare una passeggiata al lago della leggenda. Il fido scudiero Ombra mi accompagnava (musica all'Umbertofono: *Two of us* dei Beatles). Si cammina per circa tre quarti d'ora, nella valle, prima lungo la strada sterrata, poi in un sentiero nell'erba. A metà strada sta il rudere che si ritiene sia stato la casa natale del Catena.

Camminavo, e osservavo la coda di Ombra frustare l'aria, e il cielo limpidissimo dopo una notte di pioggia. Miele, porpora, arancio, verde e chiaro verde erano gli alberi intorno. L'erba umida cedeva accogliente sotto i miei piedi, avanzavo pensieroso e il rumore dei miei pensieri era un battito pulsante alle tempie.

Quando passai davanti al rudere del Catena, una fila di denti cariati invasi dalle erbe, una apparizione improvvisa mi sconcertò.

Davanti al rudere c'era una vecchia, bassa e panciuta come una campana, intravedevo il volto rugoso sotto uno scialle rosso. Questo era strano perché le anziane del paese portano sempre uno scialle nero, tutt'al più ingentilito con una striscia a fiori.

Ancora più strano, mi parve che la vecchia puntasse un dito verso di me.

Mi fermai, per capire se il gesto era davvero rivolto a me e se la vecchia avesse qualcosa da dirmi. Ma lei si voltò e scomparve dietro al rudere, con passo sorprendentemente spedito.

Continuai a pensare a quello strano incontro, mentre il sentiero diventava più selvaggio e l'erba più alta, segno che ci stavamo avvicinando.

Il volo di una libellula mi disse che dietro a un'ultima cortina di alberi avrei visto il lago, e così fu. Splendeva al sole, ma il suo azzurro non mi sembrò intenso come l'ultima volta che l'avevo visto. Attribuii questo alla pioggia, ma sapevo anche che una conceria spesso scaricava i suoi liquami nel lago, e malgrado le multe, continuava a farlo.

Il lago era stato accuratamente da me misurato. La circonferenza era di otto chilometri, la profondità, mi aveva detto una guardia forestale, era sorprendente, anche dieci metri nel punto dove il lago era sovrastato da una parete di roccia stramazzante, una cascata di argille alta cento e più metri. Per il resto, le rive erano tutte coperte di canne e felci, interrotte da alcuni sentierini per i pescatori.

Il punto dove secondo la leggenda la ragazza si era uccisa era al lato nord-est, dove un piccolo promontorio d'erba si allungava nell'acqua, e dove brillava una macchia di fiori azzurri.

La raggiunsi, cercai un posto comodo sul prato e mentre Ombra andava a caccia di odori, come prescrive il dodecalogo, mi sdraiai sfrattando una cavalletta.

Dopo poco sentii un rumore, uno schiantarsi di rametti: qualcuno camminava verso di me, o si allontanava da me. Non era Ombra, che era visibile, e immobile tra le canne.

Il rumore cessò e si alzò un lieve vento, trascinando barchette di foglie e bolle spumose sulla superficie del lago. Mi alzai e mi diressi verso un punto panoramico, alzando lo sguardo verso la fila di ornielli e aceri. E vidi una figura. Non ebbi paura, non eravamo sul Lago di Bly. Ma provai, lo ammetto, una certa inquietudine. Era nuovamente la misteriosa vecchia. Era lontana, guardava il lago. Non fece alcun gesto. Scomparve, un punto rosso nel giallo delle foglie, un papavero nel grano.

Una buona cenetta

Be', ci siamo, si disse il professore quando fu davanti alla porta dei suoi ospiti. In mano aveva un mazzo di fiori azzurri raccolti nella gita al lago. Era buio. Ombra ululò e aprì il suo facebook con gli altri cani della zona. Non era felice di essere lasciato a casa, neanche se zavorrato di tonno.

La porta era stata ridipinta di rosso. Bussai e apparve il Torvo. Aveva una camicia bianca e larga, aperta sul petto, da antico condannato a morte. Mi fece entrare. La Principessa del Grano era in cucina, e apparve un attimo salutando, per poi scomparire di nuovo.

Mi sembrò subito che ci fosse un'aria un po' severa, diversa dal garrulo invito della mattina. Il Torvo mi fece sedere, e si tormentava il ciuffo un po' preoccupato.

– Tra dieci minuti siamo pronti – disse Lei invisibile, tra rumore di posate.

– Abbiamo un aperitivo da offrire? – disse Lui.

– No – rispose secca Lei.

– Eppure avevo detto di comprarlo – disse Lui.

Silenzio.

Meno male. Non ero io il motivo di quel clima un po' scuro. Una lite, sicuramente, i postumi, o i tuoni che annunciano una bufera.

La casa era stata riarredata con un certo gusto, ma con troppa abbondanza. Un raduno di tappeti cosmopoliti nascondeva il pavimento di pietra. Nella piccola stanza centrale c'erano due divanetti e due poltrone, a malapena restava lo spazio per camminare. E le pareti erano completamente ricoperte di quadri, grandi e piccoli.

– Vuole vedere i miei lavori? – disse il Torvo.

– Certo – dissi io, e cercai di abbracciarli tutti con lo sguardo anche se quelli in alto erano male illuminati. In generale erano tele astratte piuttosto mediocri, o paesaggi di un impressionismo ingenuo. Niente di orrendo, niente di bello, come si usa in questi tempi. Uno solo mi sembrò diverso dagli altri.

Era un casotto sulla spiaggia, una di quelle cabine dove ci si spogliava negli anni cinquanta. Una solitaria sentinella di legno verde, davanti a un mare ondoso e un cielo di piccole nuvole.

– Questo mi piace – dissi.

Il Torvo mi rivolse uno sguardo di sorpresa, forse anche di malessere, e quasi balbettò:

– Quello... be', è un quadro di tanti anni fa.

La mia visita alla galleria Torvo aveva ancor più appesantito l'atmosfera. Per fortuna entrò Michelle, coi capelli raccolti sulla nuca e un grembiule a fiori rosa. Mi sembrò un dipinto di Manet. So bene che cercai di farla assomigliare a un quadro piuttosto che a un ricordo.

Aveva in mano un vassoio con pasta alla bottarga, delizia tipica del posto, ma di un posto distante miglia marine.

Con aria di sfida lo posò sulla tavola apparecchiata, guardando lui, poi si esibì in uno striptease di grembiule e sciolse il capelli.

– La bottarga è un'idea di Aldo – disse.

– Lei voleva fare un piatto chilometro zero, ma meglio andare sul sicuro – disse lui guardandola con una lieve spruzzata di odio.

– Mi piace la bottarga – dissi io pacioso. – In quanto ai chilometri, non li mangio.

Si ride della modesta battuta del professore. Si parla di città e campagna, si ride degli ululati di Ombra. Dopo la bottarga arriva un'insalata greca e poi bignè della pasticceria locale, chilometro zero finalmente. Si parla di lavori da fare e lavori fatti, i fidanzati cercano di parlare col professore senza guardarsi in faccia, ma non è facile, il tavolo è piccolo. Il professore esamina il Torvo e rivede se stesso da giovane, mentre parla di arte, arte, arte e beve un bicchiere di vino dopo l'altro. Esamina la Principessa del Grano, ammira il collo dove si è fermata una goccia di sudore, e la linea irregolare e indispettita della bocca.

L'impressione del professore è che Aldo, molto più di lei, sia deluso della vita fuori città, e continui a parlare ossessivamente della "sua galleria", della "sua mostra" e del cialtrone a cui ha lasciato in mano il tutto. Lei beve con moderazione e fa al professore quattro domande.

La prima è se ha figli.
Sì, uno che lavora in America.
Le manca?
Sì, ovviamente.

La seconda: sa dove può trovare semi di fiori per piantarli davanti alla casa?
Il professore lo sa e la informa.

La terza: sta lavorando a qualcosa?
Un poema sulla poesia giocosa.
E lo pubblicherà?
Chissà, un giorno chissà.

L'ultima: se conosce quella strana leggenda.
Sì, dice il professore, ne ho udite diverse versioni. Quella più veritiera mi sembra questa.

Una bionda, come lei, promessa sposa a un mercante d'arte...
Questo è l'inizio pensato ma non detto. Il vero inizio è:

Tanti e tanti anni fa c'era una giovane conosciuta in tutta la valle e i monti per la sua bellezza...

Perché mentre racconta il Torvo si incupisce ancora di più, e tortura la tovaglia con la forchetta? E perché Michelle frase dopo frase diventa sempre più triste, come se scendesse anche lei lungo la riva del lago?

– È una bella leggenda – commenta lei alla fine.

– La dice lunga su come trattavano le donne qui – dice il Torvo femminista.

– Ora spero sia cambiato, vero? – dice Michelle.

Non lo so, vorrebbe dire il professore, non mi interesso più molto di donne a parte lei, mia inattesa ospite, ma so che la domanda esige una risposta da tuttologo.

– Sono persone chiuse, ripeto. È un posto strano, pieno di piccoli o grandi segreti.

– Come quello del Catena – dice lui con un balzo di interesse, e si sistema sulla sedia. Lei va in cucina, lui si avvicina al professore con sguardo febbrile.

– Lei sa tutto di lui, vero? È vero che dipingeva anche quadri?

– Nei suoi versi lo afferma. Ma non ne è mai stato trovato uno, il manicomio fu smantellato due anni dopo il suo suicidio. Forse disegnava strani segni, geroglifici misteriosi sulle pareti.

– Bisogna soffrire per creare, dicono. Lei è d'accordo, professore?

– Assolutamente no.

– Anche io la penso così. Vorrei dipingere ancora e godermi la vita. Ma questo mestiere è difficile.

L'invettiva del Torvo

Vengono alla mia galleria e non sanno niente di pittura, sproloquiano sui miei quadri e su quelli degli altri. Io ho studiato arte a Parigi con Yasikevitch, un grande maestro come non ce ne sono più. I critici sono mafiosi, i giovani pittori rompiballe, i vecchi pittori avidi, il resto è noia. La gente viene a visitarmi perché il mio buffet è ricco, e ci sono le tartine al salmone. Comprano poco e tirano sul prezzo. Vogliono quadri su misura per la parete, acquistano a metro, farebbero a tranci un Velázquez pur di farlo entrare in salotto. Una volta non era così. Le mostre che vedo in giro sono penose, performance improvvisate o solita zuppa di mostri sacri. Un'insalata di cose già viste. Vorrei cambiare paese, a Londra sono stato decine di volte, è diverso. Qua cerco di dipingere ma non dormo, di notte c'è un rumore assurdo di macchine, come il traffico in città. La casa è piena di insetti e topi. Ma cambierà, oh sì che cambierà.

La delusione della Principessa

Vorrei riprendere a fare teatro ma i provini sono squallidi, ti giudicano in un minuto e guardano le gambe, non il talento, le altre sono tutte raccomandate e facili a compromessi di ogni tipo. Io ho studiato danza e lavorato con la compagnia della Baumann, era un altro mondo. I direttori dei teatri sono ignoranti, le giovani attrici vanno direttamente in televisione senza passare dal teatro, le vecchie sono egoiste e paurose del declino. Le proposte che mi fanno hanno tutte a che fare coi miei capelli biondi e sono ruoli da bambolona, o da femme fatale. Pagano poco e sembra che ti facciano un favore. Qualche anno fa era un po' meglio. Le cose che vedo in teatro sono deludenti, sperimentalismo senza una vera idea o un reale scandalo, oppure Shakespeare in varie salse dolci, piccanti o con bottarga. Amleto in smoking, come se bastasse. Vorrei cambiare posto, a New York ho vissuto un anno, è diverso. Qui cerco di fare esercizi e studiare, ma c'è sempre qualche piccolo lavoro da fare, di notte gli uccelli sono lugubri. La casa è piena di topi e insetti. Comunque, spero che cambi.

Il punto del professore

Le persone che amano e frequentano davvero l'arte sono sempre state e saranno una minoranza, non bisogna deprimersi, ma lavorare con tenacia. I critici non ci sono quasi più, e ai superstiti viene imposto di scrivere in gran fretta, nelle Università i giovani professori sono carrieristi, i vecchi difendono il posto come a Fort Alamo, ma c'è anche tanta gente per bene in giro. Mi hanno chiesto di affrontare lavori più impegnativi, ma preferisco scrivere un piccolo libro pensandoci su a lungo. Pagano sempre meno, ma anche gli editori hanno i loro problemi. Certo, l'editoria di qualche anno fa era diversa, ma i mediocri facevano carriera anche allora. I saggi che leggo sono spesso improvvisati o vecchi testi rivisitati venduti come nuovi, ma basta avere un buon argomento e fregarsene. Vorrei andare in America a trovare mio figlio, ci sono stato una volta, ma ormai il mio posto è qui. Vorrei scrivere di più, ma la solitudine ogni tanto mi rabbuia e passo ore a guardare le colline. Trattoristi e civette vivono di notte, dovrete abituarvi. Di notte Ombra ha gli incubi e mi sveglia inseguendo mammut immaginari. La casa è piena di spifferi. Non so proprio cosa cambierà nel mio breve futuro.

La vera ragione della cena

Il Torvo, quasi ubriaco:

Ho una grande idea per rilanciare la galleria. Una mostra in cui parola, pittura e musica siano collegate e interdisciplinari. Ho pensato a questo ensemble: i miei quadri, che hanno spesso al centro il tema della follia e della solitudine dell'artista reietto. La musica degli Mpmd, Mother Put Me Down, conosco il cantante. E per i testi, che ne dice di scrivere un testo sul Catena? So che lei è il massimo esperto. Io sono sicuro che lui ha lasciato anche qualche dipinto, forse nascosto in casa di qualche collezionista. Non vogliamo disturbarla, abbiamo esitato a chiederlo, ma abbiamo pensato che forse le piacerebbe.

La Principessa, quasi seduttiva:

Ho un progetto per ritornare al lavoro. Una pièce teatrale a due voci, con testo e danza. Io conosco la cantante dei Marò, comporrebbe lei le musiche. Mi piacerebbe qualcosa che parlasse della diversità della donna ma scritto da un uomo, so che lei ha scritto sull'ironia femminile, ricordo alcune sue frasi sulla Carrington. Penso che potrei adattare l'eventuale testo che lei scriverà per Aldo, oppure potrebbe scriverne uno nuovo, magari su quella bella leggenda del lago. So che lei ha uno scritto nascosto nel cassetto, qualcosa me lo dice. Non vogliamo invaderla, ma sarebbe una cosa nuova per lei e per noi.

La risposta del professore, se avesse avuto un po' di coraggio:

Non ho nessuna voglia di rilanciare i brutti quadri che lei dipinge, monsieur Le Torve. Ho fatto dei reading, ma trovo che le letture di adesso sono sempre più sommatorie di celebrità letterario-musical-catodiche che non si preparano e massacrano il testo. La diversità dell'artista mi interessa, però vorrei tanto scrivere qualcosa di diverso, e ahimè per diversi motivi mi ritrovo sempre a romper diverse palle altrui con Gadda, Melville e il Catena. Lei, Le Torve, ricorda tanto me da giovane con la sua ambizione e i legittimi dubbi sul suo talento, in più lei è un alcolista e mangia col risucchio, come Remorus. Lei, madame Michelle, mi ricorda un antico amore, ecco svelato un mio segreto, ma non ho prove della sua bravura. Inoltre lei è indubbiamente affascinante, ma come l'Amata del passato usa quegli zoccoli ortopedici che io detesto, a meno che non siano portati da forosette nederlandesi. E noto già qualche rughetta in agguato nei pressi del suo sorriso. Nei miei cassetti non ci sono scritti, soltanto ricordi, spaghi e candele. Non solo mi avete invaso, ma la bottarga era amara, l'insalata greca senza cetriolo e le paste pesantissime. Il fatto che siamo vicini e che io sono un vecchio solitario non vi autorizza a rompermi i coglioni con le vostre richieste. Ecco qua.

La vera risposta del professore codardo:

Condivido il vostro disagio, ci penserò per bene, ovviamente accetterò soltanto se sarò convinto di potercela fare, sono cose nuove per me. La diversità dell'artista è per me fonte continua di scritti inesauribili. Non mi avete affatto invaso, la cena era ottima e l'ho apprezzata. Purtroppo ho una certa età e per me è giunta l'ora di andare a letto. È bello avere dei vicini.

Tornai a casa sotto la luce della luna, Ombra mi corse incontro scodinzolante.

– Com'è andata, eh? Sono simpatici, eh? Hai mangiato bene, eh? Hai un osso per me? Sai che ho ululato tutta notte con Sophie, la setter della casa rossa a tre chilometri? Hai ancora quei deliziosi biscottini nel cassetto della credenza? Ti disturba se gioco a mordicchiarti i garretti? Pensi che torneremo al lago domani? Posso dormire sul divano?

– Ombra, vaffanculo – disse il professore incespicando nel buio dove il cagnone si mimetizzava.

Ombra non se la prese. Perché era un signore e conosceva il dodecalogo del buon cane, soprattutto il primo e il dodicesimo comandamento.

IL DODECALOGO DEL BUON CANE

1. *Ama il padrone tuo come te stesso.*
2. *Odora il padre, la madre e tutto il resto.*
3. *Caga sempre dove qualcuno può passare.*
4. *Se ti abbandonano non ti meritano.*
5. *La pulce è sempre dove non puoi grattarla: accettalo.*
6. *Non desiderare la ciotola d'altri, ma se capita...*
7. *Se uno è più piccolo di te ringhia, se è più grosso mettiti a pancia in su.*
8. *Ciò che per altri è puzza per te è curiosità.*
9. *Ulula, crederanno che stai dicendo qualcosa.*
10. *Se il padrone si siede a tavola, guardalo come se non mangiassi da un anno.*
11. *Quando fai le feste, la tua gioia sia proporzionale al tuo peso.*
12. *Il tuo padrone non è strano, è umano: accettalo.*

6.

Tradire se stessi è un istante
Invano cerchiamo coerenza
Ci assilla, spietato e incostante
Il disordine di ogni esperienza.

Tradire in amor non è bello
Ma solo di tempo è questione
Un anno ancora e Otello
Avrebbe avuto ragione.

Tradire tradurre tramare
Son trappole forse del male.

Tradire la patria è da vile?
Non diteci che è un disonore
È solo questione di stile
Cambiare divisa e colore.

Tradire un amico sincero
È forse peggio di tutto
Ma siamo sicuri davvero
Che lui non l'abbia già fatto?

Tradire tradurre tramare
Son necessari all'amore.

Il professore va nella Metropoli

La mattina dopo ebbi due belle notizie. La prima era una mail di mio figlio che allegava la sua ultima composizione, un tema per la colonna sonora di un cortometraggio. Non era proprio come sentirlo al telefono, ma mi riempì di allegria. La seconda era che madame Dyane era stata restaurata e mi attendeva al garage. Dovevo andare a ritirarla presto, perché era in compagnia di macchinacce moderne e tamarre che la deridevano, e un'auto derisa è incline a perdere autostima e olio.

Quindi guidai la macchinina rossa di buonumore (musica all'Umbertofono: Monk e Penguin Café Orchestra) fino al bivio e alla fermata della corriera per Borgocornio (gemellata con Horby).

Qui era in attesa Orietta, una simpatica e robusta donna con la faccia da Seminole che mesi fa veniva a fare le pulizie da me, poi era stata requisita come nonna.

– Vuole un passaggio? – le chiesi.

– No grazie. Mi va di fare delle chiacchiere con le amiche, so già che le troverò sulla corriera. E poi mio marito potrebbe essere geloso...

E rise, mostrando un poderoso dente d'oro.

– Suo marito è un cacciatore, non voglio rischiare.

– Eh sì. Adesso anche lui è pazzo per il nipotino. Mi dispiace che non posso più venire. La tiene pulita, quella casa?

– Non splende più come quando veniva lei, ma mi arrangio, signora Orietta – dissi. – E già che ci sono, le faccio una domanda: conosce una vecchia con lo scialle rosso, una che abita vicino ai ruderi del Catena?

– Uh, – fece l'Orietta facendosi il segno della croce – quella è Berenice, la pazza, chiama tutti assassini, ci minaccia, urla. Dice di essere erede del Catena, quell'altro matto. Non stia a fermarsi, e se la incontra pij un'altra via.

Proseguii, vidi svanire le mie colline, percorsi la superba tangenziale di Borgocornio, con annesso viadotto e secolari lavori in corso. Tutto intorno fiorivano i bedenbrecfast e villette signorili con mini-piscina sul retro, per la gioia di zanzare e tafani. Poi la modernità irruppe e vidi apparire i supermarket outlet, e un traffico sempre più intenso, quindi la Metropoli, languidamente appoggiata a un monte.

La Metropoli, oltre ai tre spendodromi, aveva una conceria fetente e una chiesa moderna che raffigurava tre tartarughe sodomite, ispirata al teatro di Sydney. Poi una bellissima chiesa del Cinquecento con affreschi pregiati. Da anni immemorabili l'edificio era prigioniero di una gabbia di impalcature per il restauro. Era però meta di intenso turismo, anche se la sua maggiore attrazione era citata nelle guide ma invisibile. Pare che nella cripta fosse infatti nascosta, ben infagottata, una campana di sei tonnellate e due metri di diametro, detta la Campana Puttana.

La tradizione dice che fosse opera del maestro Tanassi, detto il Pisano, grande artista e fantasioso bestemmiatore. Egli fuse la campana nel tardo Cinquecento su ordine di un vescovo. Ma una volta che l'ebbe montata, l'astuto religioso, con varie scuse di carestie e scarsità di pecunia, disse che non lo poteva pagare, e al colorito concerto di moccoli che ne seguì, fece cacciare il Pisano da quattro frati nerboruti.

Il Tanassi allora lanciò una maledizione: – Questa campana suonerà solo quando la pagherete, proprio come una prostituta.

E in effetti quando il campanaro provò a battere i primi rintocchi, la bronzea meretrice suonava stonata, batteva sei colpi invece di sette, muggiva o stava muta, oppure si ribaltava a bicchiere e prendeva l'abbrivio da sola per ore e ore, assordando tutto il paese. Tre campanari provetti precipitarono dal campanile nel tentativo vano di domarla.

Un esorcista, chiamato a consulto, disse che la campana era posseduta, che tra Tanassi e Satanassi era evidente l'assonanza, e forse il solo modo di sfuggire alla maledizione era dar retta al Pisano.

Si cominciò quindi a mettere una moneta d'argento dentro la campana, che la aspirava come un camino o la raccoglieva col bataculo, quasi fosse magnetizzata. Dopodiché la Puttana suonava docilmente e mirabilmente, per un'ora circa. Fino al giorno in cui, dopo aver speso migliaia di pezzi d'argento e d'oro, fu deciso di smontare la campana e chiuderla nella cripta.

Qui l'avevano vista infagottata solo pochi religiosi con dispensa papale. Ma c'era chi diceva che sotto l'involucro non ci fossero che travi di legno, e che la campana maledetta fosse stata buttata in mare, o venduta ai fiamminghi.

Inoltre, proseguiva la leggenda, la campana suonava ancora da sola, quando nei dintorni una verità era svelata.

Rimuginando su questi fantasiosi racconti, ero ormai arrivato al cuore del paese, un bel centro medioevale con alberghi e ristoranti, negozi di ottime cibarie e armi antiche, con armature minacciose in posa da commesso.

Parcheggiai e, prima di ritirare madame Dyane, feci un po' di spesa. Comprai due baguette, e mi risovvenne di Parigi quand'ero studente e mangiavo solo baguette e pessimo salame, o talvolta pâté di oca infelice. Comprai dei pomodorini gialli, zucchine pallide e miele d'acacia. Paragonai quel color ambrato alla chioma della Principessa, quindi alla chioma di Quella ormai apparentata nella mia memoria. Presi un caffè in un bar dove il barista sembrava, o forse era, un ex pugile e alle pareti erano in mostra gagliardetti calcistici e foto di ciclisti. Passeggiai dinoccolato e corretto lungo il corso centrale, invaso da negozi di Firme e Souvenir, ugualmente detestabili. Ammirai la fontana antica, circondata da moderne moto parcheggiate.

Giunsi finalmente al garage. Vidi subito la mia amata, tra due minacciose Mercedes. Il leggendario Divano era assente, c'era il suo vice Imad. Discussi un po' sul prezzo, che era molto superiore al preventivo. Ma Imad rispose con calma orientale:

– Macchina vecchia, più lavoro, necessaria altra manodopera.

Non vidi altra creatura che un gatto, e lo immaginai con una chiave in bocca, intento a svitare i bulloni. Poi accesi il motore, i cavalli nitrirono e presero la direzione di casa.

Per strada canticchiavo e mi sembrò di arrivare in un attimo, l'ultima parte del viaggio fu una trionfale cavalcata tra i campi e poi sulla leggera salita sterrata. Torno da te Michelle, mi trovai improvvisamente a pensare.

Nella cassetta trovai due lettere. Una era di Remorus e neanche la aprii. Una era di Marras, il mio sfortunato collega. Diceva:

Caro Martin,

come forse sai la salute mi ha abbandonato. Non riesco più a lavorare e mi dolgo di essere di peso a mia moglie e a mia figlia, che mi assistono con affetto. Non ti nascondo che attendo con serenità la bocca della Grande Balena, che mi libererà dal mare tempestoso della vita. Ma prima di questa prevista ultima pagina, ti chiedo un favore.

So che vivi solitario, eppure sento che la nostra amicizia ci lega ancora. Vorrei rivederti, per una volta. Se non riuscirai a farlo, capirò e non ti riterrò insensibile, so che anche tu hai i tuoi marosi. Salutami Ombra, che immagino non sia più il cucciolo che ho conosciuto.

Cammina e scrivi anche per me.

Con affetto,

Giuseppe

Ebbene, lettore, devo dire la verità. Ebbi una reazione contrastante. La prima di affetto e solidarietà. La seconda, di rabbia. Il mio collega viveva in una città assai lontana su un'isola, e l'idea del lungo viaggio e dell'aereo mi era sgradita. Mi sentii ricattato, anche se sapevo che tutto si contraddiceva dentro di me, fratellanza e indifferenza si accapigliavano, il mio mite amico non c'entrava.

Così arrovellandomi cucinai la solita bistecca Ricordati-di-Me, mentre, in ossequio al decimo comandamento, Ombra mi osservava. Mi ero appena seduto a tavola quando sentii delle urla sempre più alte. Subito intesi che venivano dalla casa dei vicini, che stavano litigando furiosamente. Le due voci si alternavano e sovrapponevano in un crescendo isterico. Poi soltanto la voce di lui, poi più nulla. Qualcuno si era arreso. Finii di mangiare e placai con un boccone la richiesta del mio peloso commensale. Mi misi al computer, riordinai i miei appunti sul Catena. Lavorai sodo per due ore, ma fui interrotto.

Il Torvo entrò senza bussare, palesemente mezzo ubriaco, il ciuffo sugli occhi e ancora in pantofole.

– Davvero le chiedo scusa, professore, – disse con voce roca per le grida recenti – ma non ho nessuno con cui sfogarmi.

Stavo per dire: neanche io ce l'ho, giovanotto, ma poi ricordai alcuni giorni della mia giovinezza, e di quanto mi fosse mancata una voce saggia e amica.

– La vedo stravolto. Cos'è successo?

– Può immaginarlo, professore. Michelle e io siamo proprio in crisi. Speravo che vivere qui migliorasse il nostro rapporto, che lei diventasse più malleabile. Può trasformarsi in una vera furia, le giuro, è infelice, scontenta del suo presente, e scarica tutto su di me.

Stetti in silenzio mentre la pendola ticchettava implacabile. Poi dissi:

– E lei, Aldo? Per caso anche lei non scarica tutto sulla sua compagna?

Aldo si prese la testa tra le mani.

– Sono nella merda, professore. Mantenere la galleria mi

ha prosciugato, sono pieno di debiti. Cerco di non perdere la fiducia, spero sempre di vendere ancora qualche quadro, ma il momento è difficile.

– Capisco – dissi.

– E inoltre, le confesso, ho seri dubbi sul mio talento. Si ricorda del quadro che le piaceva, l'altra sera? Be', non è mio. È di un mio amico. E se lei ha pazienza, le dirò cosa mi pesa sulla coscienza. Un segreto.

Non ero pronto a un assalto di sincerità, ma mi feci forza.

– Era il mio migliore amico, – disse con un tremito nella voce il Torvo – molto più bravo di me all'accademia, lo invidiavo. Lui invece invidiava me, era timido, goffo e vedeva in me un fortunato dongiovanni, mi seguiva nelle imprese amorose, faceva sempre il terzo...

– Come Pierrot – suggerii.

– O come un buon cane – disse lui. – Dopo l'accademia lo persi di vista. Non lo ricordavo quasi più. Si rifece vivo dieci anni dopo. Non aveva avuto fortuna, aveva avviato uno studio di grafica ma in breve tempo era fallito. Inoltre, gli era stato diagnosticato un tumore. Veniva da me per chiedere aiuto. Aveva una decina in quadri in auto, mi disse, potevo comprarli? Io risposi: forse. Li andò a prendere e me li mise sotto gli occhi.

Erano tanto migliori dei miei, forse non modernissimi, ma con un'intensità e un'invenzione che io non avrei mai raggiunto. Gli diedi una cifra irrisoria, approfittai della situazione. Ma il peggio venne dopo. Il mio amico morì dopo pochi mesi. E io... io esposi le tele come fossero mie, mi presi il merito, le vendetti tutte a un prezzo dieci volte superiore a quello che le avevo pagate. Io l'ho tradito, professore. L'ho tradito da vivo e ho tradito la sua memoria. Capisce?

– Sì, capisco, – dissi – e le rispondo, sincerità per sincerità. Anche io, circa alla sua età, ho avuto due amici di cui ho invidiato il talento. Ho sperato giorno per giorno che ne perdessero un po' e lo donassero a me. Quando sono diventato professore universitario, sapevo che non avevano lavoro, e quando mi chiesero informazioni su di loro ne parlai con distacco. Non male, ma buttando qua e là frasi superficiali. Non li difesi. Uno fu assunto, l'altro no. Come vede, l'invidia fa parte della nostra vita di cosiddetti intellettuali. Ma col tempo passa. Da annichilente l'invidia diventa fertile, diventa il riconoscimento e la gratitudine per chi è più bravo di noi. Lei deve ancora conoscere questo cambiamento.

– Ma intanto mi rodo, mi rodo, – disse lui, quasi piangendo – perché altri sono famosi e io no, forse ho poco talento ma molti di quelli che mi sono passati davanti non ce l'hanno. Eppure ogni giorno combatto. Dove sbaglio? E perché Michelle, invece di aiutarmi, pensa solo a se stessa?

Troppe cose, troppe cose, pensai.

– Posso capire, – dissi – ma non so come aiutarla.

– Lei può – disse il Torvo con una smorfia quasi comica, da burattino ubriaco. – Io sono sicuro che il Catena ha dipinto quadri e sono sicuro che lei sa dove sono. Me lo dica e ne comprerò uno o due, sarà un gran colpo, una pubblicità per la mia galleria. La prego, me lo dica.

– Non posso assolutamente aiutarla, non ho mai sentito di qualcuno che possedesse disegni o tele del Catena. Sono quasi sicuro che non esistano.

Il Torvo sembrò di colpo invecchiare, i suoi occhi guardavano in basso, gli tremavano le mani. Mi faceva pena. Ma la pena è facile da provare e rapida da dimenticare. Come aiutarlo?

– Io credo – dissi – che la sua crisi sia solo momentanea. In fondo la galleria è ancora sua, e così Michelle. E soprattutto lei è un uomo giovane.

– Ho trentasei anni, – disse lui, come se dicesse trecento – e ogni anno mi accorgo che non combino nulla, nulla di nulla. Adesso vado in città qualche giorno, ma ci vado come un automa, senza voglia o speranza.

Si arruffò i capelli, si alzò, vidi che ora provava rabbia nei miei confronti.

– Be', la ringrazio comunque, professore. Speravo che lei mi potesse aiutare. Mi scuso per il disturbo.

– Niente – risposi.

Sentii i suoi passi scendere la scala, la portiera di un'auto sbattere. Poi rumore di motore.

Mi rimisi al computer. Ma non riuscii a lavorare.

Era entrato il mio passato. Forse lui era più velleitario e viziato di quanto fossi io a quell'età, ma sapevo esattamente cosa provava perché lo avevo provato. E non contava che ora fossi diverso.

Il Torvo mi aveva aperto il suo cuore e svelato il suo segreto.

Ripensai a ciò che lui aveva provato vedendo i quadri dell'amico. La bellezza e il suo enigma. Il bambino non sceglie la bellezza, per lui tutto è rivelazione, bellezza continua e indistinta. Ricordai un giorno lontano, in cui mio padre mi portò a un museo. Ci fermammo a lungo davanti al gigantesco quadro di una battaglia. Io lo guardavo svogliato, ero affascinato da altre cose. La macchina fotografica, col nero muso sporgente, di un turista giapponese. Una bambina dal volto un po' funereo, che si infilava un ditino nel naso con molta classe. L'uniforme militaresca del custode.

Finché nel quadro trovai la mia bellezza.

In un angolo, nella parte destra in basso, la testa bionda di un soldato morto. Senza più elmo o armi, a occhi chiusi e con un braccio disteso a terra, la mano aperta, in pace dentro a tutto quel tumulto. Ne ammirai la verità, la precisione, immaginai il colpo che l'aveva abbattuto. Dimenticai i cavalli impennati, le spade rivolte contro il cielo, la ferocia dei volti.

Tutto il quadro mi sembrò dipinto solo per quel particolare, perché io lo scoprissi.

Nelle mie poche poesie, scritte a penna, trovo sempre qualche verso che rende degno il grande quadro del mio progetto, la sua immodestia e la sua sincerità. Anche nelle poesie del Catena, che pure sono guerra e battaglia, cerco la bellezza di un istante che lo colse di sorpresa, indicandogli una possibile salvezza.

Di tutte le ricchezze che io ho viste...

Il Torvo, pur nella sua indifferenza e nel suo egoismo, non aveva potuto evitare di essere colpito al cuore dall'appartato talento dell'amico. Aveva dovuto appendere quel paesaggio marino in mezzo ai tanti suoi quadri. Perché un bambino svogliato, o un adulto sazio, si fermasse a guardare, a trovare l'unica bellezza che illuminava quel muro.

E Michelle? Poteva essere la bellezza che mi avrebbe costretto ancora, con stupore, a guardare il grande quadro tormentato del mondo?

In balìa di queste riflessioni, quella notte non riuscivo a dormire. Verso l'una mi alzai e uscii fuori. Era abbastanza freddo, Ombra mi guardava stupito.

Lentamente feci il giro attorno alla casa. Poi guardai tra il fogliame anarchico del fico.

Non la vedevo ma sapevo che c'era.

La sentinella della notte, i grandi occhi gialli, la sanguinaria cacciatrice.

La civetta.

– Sveglio a quest'ora, professore?

– Sì.

– Anche io naturalmente. L'aria è scura, si prepara una bufera. C'è qualcosa di simile nella sua vita?

– Sì. Da quando sono arrivati i nuovi vicini, il cielo della mia solitudine si è riempito di nubi. Alcune candide, altre tempestose.

– Così è la natura. Ma quale nube oscura la sua tranquillità stanotte?

– Non lo so. Anzi sì. Un rimorso.

– Per la lettera ricevuta?

– No. Prima o poi andrò a trovarlo, il mio amico Marras.

– Meglio prima. Il buio arriva in fretta.

– Non è il suo pensiero che non mi fa dormire.

– È quella visita del pomeriggio? – disse con voce grave.

– Sì – risposi.

– E cos'è accaduto, professore?

– Lui mi ha aperto il cuore e svelato il suo segreto.

E io gli ho mentito.

7.

Non tentarmi, il mio cuore è fragile
Consumato, ferito. Batte
A fatica per me, non può batter per due
Scegli bene le parole tue
Una sola e si potrebbe spezzare
Non voglio più amare, ricordalo
Troppo amore ho voluto sprecare
Mi è caduto a terra, si è rotto
Parla pure, ripara ed incolla
Il mio fauno non corre, barcolla
Prega le ninfe che gli stanno intorno:
"Non scappate da me così in fretta"
Ma le ninfe ridono e fuggono
Ed è giusto. È la loro vendetta.

Prima fu Ceimon, la dea della Pioggia e della Bufera, che scatenò la sua orchestra. Poi Selas il dio del Lampo illuminò la scena, e Timpanon, dio del Tuono, fece risuonare i gong celesti. Infine Giove in persona, ritto in piedi sulla montagna più alta, tese l'arco delle folgori.

Una, due, tre frecce incandescenti si conficcarono nel folto del bosco.

Uno schianto ancora più forte, e il professore si svegliò.

I mostri cavalcano le bufere, dice una antica leggenda. Qualcosa di grande, nero e pauroso entrò nella camera, si poteva sentire il rumore degli unghioni sul pavimento.

Il professore accese la luce.

Il mostro oscuro era Ombra, che aveva una fifa matta dei

temporali ed era corso a rifugiarsi sotto il letto. Rimaneva visibile solo la coda, indiscutibile segno di resa.

– Sei un codardo, – disse Martin – vieni fuori di lì sotto.

La coda disegnò un “no” sul pavimento.

Un altro lampo, un altro tuono. Martin guardò dalla finestra e vide un’altra freccia bicuspidata cadere sulla collina, dietro la casa azzurra.

Non aver paura della tempesta, Michelle. Ce ne saranno ancora tante nella tua vita, qualcuna anche nella mia. Abbiamo paura della natura irata, come tutti gli animali. Soltanto che noi ci scriviamo sopra poesie. E se si scoprisse un giorno una *Tempesta* scritta da un gatto, o magari si scoprisse che Shakespeare era un gatto, o una gatta, o una setta di felini commediografi? Intanto, dormi tranquilla.

La pioggia continuò a scrosciare fitta per un’ora, poi i suoi orchestrali iniziarono ad andarsene. Il professore andò a letto, e riuscì a dormirc, anchc sc Ombra russava come un cosacco.

Martin si alzò tardi. Tutto finito, il cielo era percorso da nubi veloci, che si ritiravano davanti al sole vittorioso. La terra aveva bevuto avidamente. C’erano pozzanghere nel prato e Ombra aveva messo le zampe in tutte.

Sapeva che non sarebbe stato riammesso in casa così inzuppato, quindi partì impavido alla ricerca di Cicciobaffo, un grosso gatto nomade color cipria con cui aveva un conto da regolare.

Il professore constatò con dispiacere che il divano di vimini era bagnato, non era possibile lavorare fuori. Si consolò con caffè, biscotti e, gran botta di vita, anche una mezza tavoletta di cioccolato.

Dopo il copioso banchetto, aprì il computer e iniziò a lavorare al suo libro sulla poesia giocosa.

Solo è Allah nel paradiso
Del Profeta Makometto
Solo è il naso in mezzo al viso
Solo è il celibe nel letto,
Ma nessun, da Polo a Polo,
Come me sul globo è solo,
Né mai fu, per quanto germe
Ebbe luna dal lunario,
Perch'io solo sono il verme...

Stava lavorando con un certa concentrazione, quando dovette fermarsi. Qualcuno stava picchiando sul vetro della finestra che dava sul bosco. Si voltò... e apparve la ragazza del lago.

I lunghi capelli bagnati le scendevano sulla fronte, il volto pallido appariva confusamente nel vetro appannato, un dito batteva con insistenza.

Salvami, ti prego, salvami da loro.

– Buongiorno professore – disse l'apparizione.

– Buongiorno Michelle, – rispose il professore – cosa fa là dietro? Entri...

Lei entrò, i capelli erano fradici e aggrovigliati. Adad, dio dei Temporali, non amava le onde calme né le chiome tranquille. La principessa indossava un ruvido maglione rosso da marinaio scandinavo, fuseaux neri e scarponcini da trekking.

Il volto era pallido, una lacrima d'acqua era scesa lungo una ruga, all'angolo della bocca. Stai invecchiando anche tu, principessa.

– Ho fatto una passeggiata nel bosco, – disse lei – un disastro. Dagli alberi continuano a cadere gocce. E i capelli mi si sono impigliati dappertutto.

– È un problema che hanno tutti gli elfi – sorrise il professore.

– Più che un elfo mi sento un troll. Ha un asciugamano?

– Certo – disse il professore. La guardò con tenerezza, mentre strofinava e cercava di mettere ordine nella bionda foresta. Alla fine sedette sul divano, a gambe larghe, un po' impudica.

– Sono passata da lei alle nove, ma la luce era spenta, non ho voluto svegliarla. Devo farle vedere qualcosa che ho scoperto.

– Cosa?

– Venga nel bosco con me.

– Aspetti, – disse il professore – sono in pantofole.

Cercò in una cassapanca. In un groviglio di scalcagnate calzature trovò dei vecchi scarponcini da montagna, ma dubitava di poter stringere tutti i lacci prima di Natale. Ripiegò quindi su due massicce scarpe antinfortunio, con la punta di ferro, da ammazzare a calci un tirannosauro. Si munì inoltre di cappello western.

– Sono pronto – disse.

Si addentrarono nel bosco. Gli uccelli segnalarono il loro arrivo. Il sentiero era coperto di foglie umide e brillanti, soffici sotto i piedi. Dagli alberi stillava ancora il ricordo della pioggia.

La tempesta aveva schiantato i rami più deboli, creando geometrie bizzarre e arabeschi arborei. Serpenti, draghi, amadriadi, ragni, idoli decapitati, gomene di navi, profili di mostri crepitanti sotto ogni loro passo.

Lasciarono il sentiero per un varco muschiato, gli alberi si infittirono, la luce cambiava a ogni istante, e da ogni ombra sembrava potesse spuntare uno gnomo cordiale, o la grinfia di una strega.

Michelle procedeva avanti, evitando i grovigli e scavalcando le radici. Il professore ne ammirava il passo elastico, nonché la grazia e l'agilità dei muscoli sotto la cresta iliaca, specialmente il trocantere e il piriforme.

Insomma, le guardava il culo.

Si fermarono in una radura. Lei doveva togliersi una scarpa, qualcosa era entrato dentro, disse. Si sedette su un ceppo. Il professore restò in piedi, guardando l'operazione, portata a termine con gesti un po' frettolosi.

– In realtà la mia visita ha anche un altro scopo – disse Michelle rialzando la testa, all'improvviso. – Volevo chiederle scusa.

– Scusa di cosa?

– Ho ripensato a come ci siamo comportati. Dopo pochi giorni che la conoscevamo, già ci siamo permessi di chiederle dei testi, di aiutarci nel nostro lavoro. Siamo stati invadenti e inopportuni. Ma... non è facile incontrare persone come lei.

– Neanche persone come lei – disse il professore. – Ma stia serena... forse all'inizio mi sono sentito un po' invaso, ma la vecchiaia mi ha portato almeno questi doni: so ascoltare e nessuno può costringermi a fare una cosa che non mi piace. Eccetto Ombra, è naturale.

– Grazie, – disse Michelle – mi ha rassicurato.

Conoscevi già la risposta, caro elfo. E deliziosamente l'hai ottenuta.

– Be', – disse Martin – allora cosa c'è di prodigioso da vedere?

– Ci siamo quasi – disse Michelle. Scavalcarono un viluppo di rami e raggiunsero una radura più ampia.

Al centro c'era, o c'era stata, una grande quercia. Il fulmine l'aveva spezzata in due. Le radici guardavano la chioma da cui erano state separate. Una ferita, una spaccatura a cuspide, mostrava le fibre bianche, lì dove era caduto il colpo mortale.

– Ha visto? – disse Michelle.

– Ho visto. Conosco questo albero, era uno dei più vecchi. Duecento anni, forse.

– È bastato un attimo, – disse lei – un attimo e duecento anni di vita sono stati cancellati.

– No, le radici resteranno, ci faranno casa le formiche e i bruchi, e la legna servirà a qualcuno.

– Ma è triste...

– È la natura.

Michelle carezzò il gigante caduto.

– Vede, professore, ecco perché l'abbiamo invasa. Abbiamo fretta, abbiamo paura del fulmine. È questo che ci fa sbagliare.

– Non possiamo sempre aspettare con pazienza. È come in amore. Ci innamoriamo di una persona e subito il nostro tempo accelera, l'abbiamo lasciata un momento fa e subito vorremmo rivederla, le ore lontano da lei sembrano lunghissime. Allora corriamo, scavalchiamo ostacoli e barriere, solo per raggiungerla un minuto prima. Michelle, lei ha fretta perché è innamorata del suo futuro, del suo mestiere, del desiderio di tornare alle luci del teatro, vicino al suo Tamino, o al suo Amleto.

– E se l'amore passa? – disse lei.

– Tutto torna come prima – disse il professore, un po' distratto da un rumore nel bosco. – E si aspetta che un nuovo fulmine ci cada a un passo.

– Io e Aldo non abbiamo più fretta di stare insieme,

– disse Michelle – anzi, cerchiamo di stare il più possibile lontani. È un brutto segno?

– È un tuono lontano, sì. Ma la tempesta ancora non è arrivata. O sbaglio?

Michelle non rispose. E il professore udì, stavolta chiaramente, che qualcosa stava correndo loro incontro, con gran rumore di rami spezzati e respiro ansante. Forse il cinghiale di Bollini, o un troll gigante. Ti difenderò, Michelle.

Naturalmente era Ombra, scodinzolante e adorno di rametti come un albero di Natale. Manifestò la sua gioia con una danza di guerra.

– Stai buono, Ombra – disse il professore.

Si voltò. Lei era scomparsa.

– Michelle – chiamò.

Gli rispose il canto beffardo di una gazza.

Camminò tutto intorno per la radura, non la trovò. Si accorse che il cuore gli batteva forte. Rapita da un fauno, da un lepricauno? O forse mai esistita? Era quello il momento inevitabile, la fine del sogno?

– Michelle – gridò ancora.

Passò un minuto lunghissimo. Ti prego, dove sei. Ho fretta di ritrovarti.

Restò immobile, in un confine tra silenzio e sussurro, tra presente e primordiale. Gli alberi lo guardavano, molto più vecchi e saggi di lui.

Lei riapparve alle sue spalle. Carezzò Ombra. Aveva in mano due funghi mollicci.

– Sono buoni?

– No, non lo sono. Assomigliano al mite porcino ma sono malvagi, satanici. Non uccidono, ma ti abbonano a tre giorni di gabinetto.

– Sono proprio una cittadina – rise lei. – Torniamo indietro? Ho visto che lei stava lavorando.

– Non ho fretta – disse il professore, ma si incamminò.

Ora era lui a condurre la marcia e il sole intermittente lo guidava lampeggiando sul sentiero dipinto. Sentiva le piccole grida di Michelle alle sue spalle. Ogni ramo voleva carezzarla, e qualcuno, invidioso della sua bellezza, cercava di ferirle il viso.

– E lei, professore? – disse Michelle. – Ha mai avuto fretta?

– In che senso?

– È mai stato innamorato? Ha provato quello che ha appena descritto così bene?

– Secondo lei? – la sfidò il professore.

– Secondo me, sì. E ha provato anche quello che sentiamo io e Aldo adesso. Il tempo lento, che ci pesa addosso.

Erano fuori dal bosco. Grandi nuvole bianche e pacificate li accolsero.

Restarono fermi, con un leggero imbarazzo.

– Be', torni pure al suo lavoro.

– Prima le offro un caffè. E biscotti.

– E a me niente? Devo tingermi di biondo platino? – chiese Ombra.

– E un biscotto anche a Ombra.

Presero il caffè. Con Michelle sul divano la casa sembrava diversa, più colorata e accogliente. Anche il professore si sentì più colorato.

– Vuole vedere il posto che amo più al mondo, insieme a questo?

– Certo.

Le mostrò le sue foto dell'isola fatata. Rocce, mare. In una, scattata dieci anni prima, c'erano gli amici pescatori, il figlio piccolo, e un Martin più giovane, in bermuda verde smeraldo. Al centro della foto, un enorme pesce spada appeso.

– Che bestione. Lo ha preso lei?

– No; lo ha preso quello col berretto blu. Si chiamava

Geppetto. È stato un corallaro leggendario. Sa come si pesca il corallo?

– No – disse lei chinandosi per vedere meglio. I suoi capelli sfiorarono la mano del professore, e lui non la ritrasse.

– Bisogna essere almeno in tre. Uno guida la barca. Un altro assiste il corallaro durante l'immersione. E il corallaro va sotto con le bombole. Quando scende, sprofonda in fretta. Poi ha solo venti minuti per trovare l'amato corallo. E dopo, due ore o più di decompressione. Se scende a ottanta metri, si ferma a venti, per un'ora intera, poi a dieci. E pensa...

– Michelle – gridò una voce irosa.

– Sono qui, Aldo – rispose lei.

– Dove cazzo sei finita, – disse lui irrompendo – dovevamo andare in città, lo hai dimenticato?

– Chiedi almeno permesso – sibilò lei, gelida.

– Mi scusi professore, – disse lui con odio – ma è un'ora che la cerco.

La capisco caro Torvo, pensò il professore. Anche io ho temuto di perderla, per un lungo minuto.

– Calmatevi e andate. Buona gita.

– Arrivederci, a presto – disse lei, mentre usciva.

Sentì le loro voci litigiose, prima alzarsi vicine, poi dissolversi. Il rombo iroso della macchina accesa. Poi più niente.

Solo di nuovo. Su, torniamo al lavoro.

Il professore scrisse di lena per due ore almeno, gli piaceva saltare da una poesia all'altra. Ma era inquieto, come se aspettasse qualcosa. Quando sentì il rumore di ruote sulla ghiaia, capì.

Aspettava semplicemente che Michelle tornasse. Ora erano di nuovo vicini, a cento passi, anche se lei era con un altro.

Fu una cena frugale: pane, prosciutto e formaggio. Oppure raffinata: baguette, jamón and Italian mozzarella, sotto gli occhi di Ombra che si esibiva nel decimo comandamento del dodecalogo. Poi il professore udì un verso conosciuto, e si diresse verso la poltrona sfondata.

L'autore del verso era lì. Nero, col becco giallo e l'occhio da pazzo. Il corvo.

– Nevermore, professore.

– Non gracchi quella poesia. Non piace a tutti, ma a me piace.

– Nevermore, mai più. Ma è sicuro? Come fa a dire mai più? E se stesse per cancellarlo, quel nevermore?

– Non sia saccente.

– Quando la sua bionda vicina è sparita, perché si è così agitato? Perché tanta paura di vederla svanire, come lo spettro di una leggenda, come se potesse perderla per sempre? C'è un punto in *Tom Sawyer*, in cui i ragazzi dentro la caverna perdono il negro Jim...

– Lei sta citando due scrittori in un colpo solo, la prego di farla finita con la sua esibita erudizione...

– Volevo solo porgerle il sollievo di un esempio letterario.

– Anche io ho un esempio. Lei ricorda il film di Pasolini?

– Non mi è piaciuto per niente, – disse il corvo sbattendo le ali – non guarderò più film in cui noi parliamo in quel modo e facciamo una brutta fine, anche se metaforica. Mai più quel film, nevermore.

– Bene. Allora mi lasci in pace, pedante pennuto, e buonanotte.

– Volevo solo farla riflettere sul fatto che con Nevermore si può costruire una poesia, ma nella nostra vita quotidiana dire "mai più" è difficile. Comunque, fatti suoi.

8.

I marziani hanno dodici mani
Si massaggian da soli i marziani
Hanno dodici sessi e milioni
Di amorevoli combinazioni.

I marziani ci chiamano alieni
Ci ritengono esseri strani
Che si fanno del male da soli
I marziani hanno dodici soli
Sono sempre abbronzati i marziani.

I marziani hanno dodici mani
E tre sessi o quattro i marziani
Perciò vivono di tentazioni
Han tentacoli come pitoni
E si accoppiano sempre i marziani
In modi scomodi a noi umani.

La mattina dopo, era arrivato un vento freddo. Ma il professore non rinunciava al rito del Caffè con Biscotti all'Aperto. E mentre ben coperto dal suo giaccone di tweed sorseggiava, ecco la prima sorpresa di una giornata che sarebbe stata piena di apparizioni. La prima fu il transito di una Cadillac piena di capre. In un casolare vicino viveva Mariangelo, un emigrato che aveva fatto fortuna in America ed era tornato col macchinone e tanti soldi. Aveva messo su un allevamento di ovini e ogni tanto li portava a qualche mercato, esibendo la sua sfolgorante vettura.

Mariangelo non salutò, era cocciuto e scostante proprio

come un caprone. Dopo la Cadillac, ecco arrivare il camper giallo di Vudstok.

Il coltivatore diretto e la sua compagna Dina scesero, tutti e due con jeans stracciati e magliette lui degli Who, lei di gruppo ignoto al professore.

– Ce ne andiamo, compagno Martin – disse Vudstok. – Qualche stronzo di cacciatore ha avvisato la guardia forestale, hanno scoperto la coltivazione di marijuana, per fortuna io non c'ero, si sono appostati per tre giorni aspettandomi.

– Abbiamo rischiato grosso, – disse Dina la contattista – per fortuna gli alieni ci hanno avvisato prima.

– Ah sì?

– Certo, – disse Dina – loro sono dalla nostra parte, da quella degli uomini liberi. Sai come chiamano il pianeta Terra? Saras, parola che può essere letta anche all'incontrario. È il loro modo per rimproverarci e dirci che non cambiamo mai.

– Sì, questa gente non cambierà mai, – disse Vudstok – gli uomini hanno la vocazione degli sceriffi. Me ne vado prima che mi denuncino o mi sparino a pallettoni come un cinghiale. Sono stufo di musiche da sagra paesana e di commenti sui miei capelli. Vado al Sud. Là è la California. Anche se la pizzica mi ha rotto i coglioni.

– Non capisci niente – disse Dina alzando le spalle.

– E i marziani? – chiese il professore candidamente.

– Si chiamano arvidabas, – precisò Dina con un sorriso di compatimento – e li ritroverò anche là. Loro non ci lasciano soli.

– Mi mancherai, professore, – disse Vudstok stringendogli la mano – sei un vecchio cazzone ma almeno ti piace il buon vecchio rock e con te si può parlare liberamente. Noi non ci faremo fregare dai borghesi. We don't get fooled again.

– Canzone degli Who – disse il professore.

– Esattamente – disse lui.

– Gli arvidabas preferiscono la musica classica, – disse Dina – Mozart era un arvidabas.

– Lo sospettavo. E la vostra casa?

– La affitteranno a chissà chi. Magari a qualcuno che non sa la differenza tra una canna fumaria e una canna di maria, come i tuoi vicini fighetti. Tutto quello che ci serve lo abbiamo caricato sul camper, ci basta e ci accontentiamo. Questa è la differenza tra noi e loro.

– Già – disse il professore.

Dina lo baciò sulle guance. Improvvisamente il professore si rese conto di quanto fosse malinconico quell'addio, e di quanto quei simpatici figli dei fiori surgelati gli sarebbero mancati.

– Buona California – disse.

– Ti faremo sapere dove siamo, – disse Dina salendo sul camper – e guarda le stelle.

– Questa è un regalo per te – disse Vudstok, e gli porse una scatolina di cartone.

– Non lo apri?

– Temo di sapere cosa contiene – disse Martin mettendola in tasca.

– Be', un giorno che ti senti giù fumala, o facci i biscotti, e vedrai che ti tira su.

– Dabacoras – disse Dina.

– Dabacoras – rispose il professore, che intuì il saluto alieno.

Il camper sparì verso il Sud. Ombra lo seguì per un po' con lo sguardo dalla strada e defecò proprio in mezzo, seguendo il terzo comandamento del dodecalogo.

Il professore pensava al lavoro quando Ella Fitzgerald cantò.

– Pronto – disse.

Non era una buona notizia. Marras era morto. Forse quella era stata la sua ultima lettera.

Be', adesso non hai più l'obbligo di andarlo a trovare, pensò l'anima nera del professore cattivo, e la sua anima buona lo detestò. Stava per mettersi al lavoro quando Satchmo riprese a suonare.

– Ciao Martin.

– Ciao Umberto, come va?

– Bene. Hai sentito la mia musica?

– Non riesco a aprire il file.

– Sei uno strazio. Te lo mando in un altro formato.

– Stai bene?

– Benissimo. Lavoro tanto ma mi piace. Con Jane pensiamo di prenderci una settimana di vacanza, e andare al mare. Sai, lei è una surfista.

– E tu?

– Be', starò sulla spiaggia ad ammirarla e farò ginnastica, sto diventando vecchio, ho un po' di pancetta. Tu come stai? Le prendi le pillole o fai finta come al solito?

– Le prendo, le prendo.

– Va bene. Ti richiamo in settimana. Ciao Martin.

– Umberto...

– Sì.

– Per Natale forse vengo a trovarti.

– Lo dici sempre e non lo fai mai.

– Potresti venire tu...

– Magari, ci penso. Ciao, babbo, ho il telefonino che si sta scaricando, ti devo salutare.

– Ciao.

Ha sempre avuto il telefonino che si scaricava, così poteva scaricare me, pensò il professore. Ma era contento. Due telefonate in una stessa mattina, che lusso, pensò.

Ella cantò di nuovo. Sullo schermo apparve la scritta NO, MAI. Era una scritta che il professore metteva per i rompicoglioni con cui non voleva parlare. Non rispose.

Sono proprio un vecchio urside solitario, pensò.

Aprì la posta sul computer e c'era un invito a conferenze sullo yoga, nonché una tal Roberta che gli chiedeva un linkedin (forse un folletto dei boschi). Poi il programma di un teatro francese che lo perseguitava da anni. E finalmente una mail di Franceschi, il suo ex pupillo all'Università.

Diceva

Caro professore,

ieri sono stato a una conferenza di Ducati all'Università. Ha detto un sacco di banalità e poi ha parlato del Catena. L'ha citata con perfidia, ha detto che la passione per la sua figura di alienato le ha fatto scrivere cose superficiali sulla sua poesia. Avrei voluto intervenire e rispondere, poi mi sono ricordato di quello che lei consigliava quando Remorus e le malelingue parlavano della sua "protezione" nei miei confronti. Mi disse: è un problema loro, non nostro. Verissimo. Ducati non lo vuole vicino nessuno, è solo. Lei invece è ricordato da tutti e circondato da affetto.

La saluto e la abbraccio.

Ricordato da tutti. Una bella frase per un necrologio pensò Martin, e rispose con frasi affettuose di circostanza. In effetti di Ducati non gliene importava niente. Come accade nelle arene letterarie, il catenismo era un piccolo campo di battaglia. Il professore dichiarava fieramente di essere il solo depositario dell'eredità poetica del Catena e l'unico che poteva scriverne. Guai a invadere il suo campo, lo avrebbe passato a fil di spada, anche se fosse stato un erudito islandese. Ducati, dopo essere stato respinto con perdite dai territori del proustismo e del gaddismo, era solito fare incursioni nel catenismo e nella poesia cosiddetta naïf, termine assai vago come vaghe erano le osservazioni di Ducati.

– Vecchio rimbecillito – disse, senza capire bene se parlava di sé o del suo rivale.

Nel pomeriggio tornò la pioggia. Il tetto cantava con convinzione.

Sentì bussare alla porta e lei apparve.

Grondante rapita rasserenata.

Aveva i capelli scomposti e legati a coda di cavallo, un vestito a fiori scollato e le spalle aguzze lucide di gocce.

Mai come in quel momento gli parve uguale a quella che lui aveva amato.

Con un groppo in gola disse: si accomodi.

Lei lo fece, si sistemò sul divano, questa volta accavallò le gambe. Non calzava i detestati zoccoli, ma un paio di scarpe da ginnastica che davano risalto alle caviglie snelle.

– È uscita senza ombrello? – disse il professore. – Attenta Michelle, qui il tempo cambia in fretta. Vuole qualcosa di caldo?

– Un tè magari.

Il professore rovistò in cucina, maledicendo il suo disordine e la sua penuria, trovò subito la vecchia teiera di porcellana ma non la pregiata bustina. Imprecò a bassa voce, scostò la mole curiosa di Ombra e infine, in un recesso dietro i cucchiai, scovò l'agognato Twinings Darjeeling, risalente forse alle conquiste coloniali inglesi ma adatto allo scopo. Mentre l'acqua bolliva e Ombra intratteneva l'ospite con l'imitazione di un cane piccolo, scambiò le pantofole sfondate, sottratte a un albergo, con un paio di scarpe logore ma eleganti. Maledisse i corti calzini bianchi, bucati nel tallone, e pensò che non aveva più cura di se stesso. Annegò la bustina che sanguinò subito.

DIVIDIAMO LA COMMEDIA "IL TÈ DELLE CINQUE" IN QUATTRO PARTI

IL PROLOGO. IL PROFESSORE E LA PRINCIPESSA

Un professore e una principessa, dice la fiaba, prendevano il tè insieme. Era una giornata di pioggia adatta alle confidenze. Iniziò il professore.

– Oggi per me è una giornata piena di sorprese. Prima una brutta: un mio collega che purtroppo è mancato. Poi una bella, la sempre attesa telefonata di mio figlio. Poi la sua visita.

– Sono stata una sciocca, – disse Michelle – sono uscita senza ombrello, il cielo era già scuro e potevo pensarci. In campagna non ci sono i portici. Sono venuta a chiederle se ha un phon.

Non ti credo, pensò messer professore, una principessa dalla lunga chioma bionda ha sempre pronto nel suo castello un phon, dimodoché, se un cavaliere volesse usare i suoi capelli come scala, li trovi puliti e morbidi. E un professore con i capelli bianchi difficilmente possiede un asciugacapelli, o se lo possiede ovviamente non funziona.

– Mi dispiace, non ce l'ho, – disse Martin – ma se vuole accendo il camino così si mette davanti e li asciuga.

– Grazie – rispose lei.

Perciò messer professore prese un ciocco di adeguata

grandezza, sistemò nel camino carta e stecchi atti alla bisogna e con grande destrezza accese il fuoco e lo alimentò con legnetti. La principessa sciolse i lunghi capelli e alla vampa del fuoco questi diventarono di un oro accecante.

E usciti dalla foresta, ci accorgemmo di aver trovato finalmente l'Eldorado.

La principessa si pettinò davanti allo sguardo di messer Martin e del fido scudiero Ombra. I capelli crepitavano elettrici davanti al fuoco e per un attimo non ci fu che quel rumore, e quell'incanto.

Poi lei scosse la testa come faceva Ombra quando usciva dall'acqua. Esitò, abbassò lo sguardo e disse di colpo:

– Il phon era una scusa, professore. In realtà non so con chi sfogarmi.

Questa l'ho già sentita, pensò lui.

IL LAMENTO DELLA PRINCIPESSA

Aldo è partito, starà via una settimana, ha detto. Non riusciamo più a stare insieme, non ci sopportiamo. Lui beve e diventa aggressivo, a volte violento, mi fa paura. Qualcosa gli rode dentro, ha dubbi sulle sue capacità e scarica tutto su di me. So cosa pensa professore, anche io scarico tutto su di lui. Forse. Ma almeno non bevo mezza bottiglia di gin alla mattina.

Non so cosa fare. Forse sarebbe meglio se ce ne andassimo ognuno per la sua strada. Anche io ho dubbi sulle mie capacità, non lavoro da un anno, mi fanno solo proposte di lavori indecenti. Non ballo più come una volta, ho una piccola frattura a un piede. Cerco di scrivere il mio testo teatrale, ma è difficile con Aldo che bestemmia e grida, con tutti i piccoli e grandi lavori da fare in una casa nuova, con la lontananza dalle comodità. Ora capisco cosa vuole dire vivere qui. Chissà se sarò mai capace. Bisogna essere in pace con se stessi.

MESSER PROFESSORE DICE LA SUA

Io non sono in pace con me stesso. Cerco la pace, è diverso. Anche io i primi tempi pensavo di non essere adatto a questa vita, prima abitavo a cento passi dall'Università, la mia vita era comoda, mio figlio non era lontano e veniva spesso a trovarmi. Ma col tempo ho imparato, si impara. Si lavora, si osserva, si aspetta. Non abbia fretta, lei è giovane. Può provare a vivere qui e se non le va può cambiare, tentare di ricucire il rapporto con lui (oppure lasciarlo, pensò per un attimo) e poi decidere di prendere un aereo e via, ricominciare tutto da capo. Quando si ha la mia età, si invidia il futuro che hanno i giovani. Ma so bene che quando si è giovani spesso il futuro è una paura, non una risorsa. Scriva, riscriva, chi le ha detto che scrivere è facile? Ci metta tutta se stessa e vedrà che qualcosa di buono verrà fuori.

La pioggia era cessata ma la principessa non se ne andò, e il professore ne fu contento.

LA RICHIESTA DELLA PRINCIPESSA

Devo chiederle un favore. So che molti lo fanno. Ho molta stima di lei e il suo libro di poesie l'ho letto e riletto, e anche i suoi articoli su Melville e Gadda, e naturalmente sul Catena. La prego, legga la mia commedia, è una commedia breve con due personaggi, lui più vecchio lei più giovane, liberamente ispirata alle *Notti bianche* di Dostoevskij. Mi perdoni l'ardire di tirare in ballo un grande. Ho lavorato molto a questo testo, pensavo che mi sarebbe stato facile portarlo in scena. Ma dopo i primi rifiuti avuti da qualche regista o teatrante cialtroncello e ricattatore, ho cominciato a dubitare. È giusto avere dubbi? E soprattutto, ha valore quello che ho scritto? Mi vergogno un po', ma se lei lo leggesse per me sarebbe importante. Se non le piace, lo butti pure nel camino.

LA RISPOSTA DEL PROFESSOR MARTIN

Lo leggerò volentieri, leggo spesso ciò che mi propongono (prima bugia), capisco la sua difficoltà, ma è legittimo avere dubbi alla sua età, o si rischia di diventare tromboni anzitempo. Di Rimbaud o di Thelonious Monk ne nasce uno al secolo, la giovinezza non vuol dire necessariamente genialità, il talento va coltivato, è un artigianato. Alla sua età io lavoravo molto, trascuravo la mia vita privata e il divertimento (seconda bugia). Ma poi ho imparato, anche dai miei allievi (e allieve no, professore?), a avere della scrittura una visione diversa. Non solo il lampo dell'ispirazione, l'angelo dei quadri dell'Annunciazione che annuncia il capolavoro, ma il duro lavoro, la ricerca continua del meglio, tagliare, ricucire, ripartire. La falegnameria dell'intellettuale. Come san Giuseppe.

La principessa rise.

– E io sarei la Madonna allora?

Anche il professore rise.

– No, lei è un angelo in alto a destra nel quadro, con i boccoli biondi.

– Ma gli angeli non hanno sesso – disse lei.

Il professore deglutì. Fino a pochi giorni prima si sentiva al sicuro nella sua lontananza illusoria, sapeva o credeva di sapere come ci si cura dalla passione. Ma quelle frasi e quei capelli accesi dal fuoco lo turbavano. Provava quasi un leggero dolore.

– Per me lo hanno – rispose lui. – Sono angeli in terra, quindi hanno sesso.

– E lei ha mai conosciuto un angelo?

– Molti. In particolare un'angelessa. E qualcosa in lei me la ricorda. Un mio grande amore.

Questa volta fu lei a trasalire. Ma era abituata a combattere, e gli occhi del professore le sembrarono paterni, non predatori, un panda piuttosto che una tigre. Perciò con sicurezza disse:

– Sono sola in casa, Aldo starà via per un po'. Perciò venga a pranzare da me domani. Le prometto che non userò cibi o ingredienti esotici o strani. Le darò il dattiloscritto, poi lei avrà tutto il tempo per leggerlo.

– Volentieri – disse il professore.

– Può venire anche Ombra.

– E vai! – disse Ombra raggiante.

Lei si alzò e sorrise.

– Ma non ci metta troppo tempo a leggere. Ho già ventinove anni e ho fretta, sono una carrierista.

– A domani – disse il professore.

EPILOGO

Ventinove anni, ripensò Martin, appena lei uscì dalla sua casa.

Solo allora si rese conto di quanto lei era giovane. Ricordò che tra lui e il suo grande amore c'erano dieci anni di differenza, una prateria da percorrere. Ora Michelle era lontana, più lontana della luna, e chiedeva a lui, un vecchio, patetico poeta pensionato, di avere potere sulla sua vita. Chissà quanti, invece di aiutarla, l'avevano desiderata e ricattata. Benedetta vecchiaia, pensò il professore, che ti permette di desiderare senza prendere, di ammirare senza sfregiare, di soffrire senza far male ad altri. Rivide lei, l'amata, in un giorno di pioggia mentre comicamente correva a saltelli per salvare il pacco di libri che teneva sottobraccio.

Poi, dopo averlo baciato, lei aveva detto: – Non mi prendere in giro: se corri prendi meno pioggia.

E quasi avevano litigato su questa tesi. Quali libri aveva in mano, professore, la sua Amata in quel giorno? Non ricordo, forse libri di poeti, ma sicuramente uno, coincidenza strana, era prosa, erano le *Notti bianche*.

O mia Nasten'ka, Nasten'ka cara. Il professore sognatore ha ancora poche notti prima che il Torvo arrivi e rivendichi il suo amore su di te. Quante cose ti dirò, in queste notti, in cui si vedono le stesse stelle che si vedevano tanti anni fa a San Pietroburgo, non c'è la neve ma la immagineremo, e io avrò ventisei anni e mi fingerò un giovane invecchiato prematuramente.

– È l'ora delle creature – disse Ombra.

– Giusto. Ecco il tuo cibo, nobile scudiero, crocchette medioevali al tonno. E adesso esco. Quale animale mi parlerà stasera? Il grazioso cerbiatto, il cinico istrice, il cinghiale iroso?

Nulla di ciò. La strisciante, odiata, reietta biscia, un'esse lustra nell'erba bagnata. Le sue parole correvano basse, un sussurro appena.

– Ci stiamo per accoppiare, professore? Lascia la sua pelle di vecchio e ne prende una nuova da giovanotto?

– Niente di quello che pensi, serpente. Ho chiuso con queste follie.

– Mai si chiude con le follie – sibilò la biscia. – Stanotte porterò una mela alla tua bella. E domani lei te la offrirà. E sarà nuova sofferenza...

– Non siamo nell'Eden, serpente.

– Ma le tentazioni vivono ovunque, professore. In terra e in cielo. Come me, che posso vivere sull'erba o dentro il ruscello.

– Lasciala stare – disse il professore. – Ha già abbastanza pensieri.

– Quindi, – sussurrò la biscia – tu pensi che io potrei farla innamorare di te? Chiedimelo e lo farò.

– No, mefistofele da giardino, non te lo chiedo.

– Tornerò, – disse la biscia – e sarò dieci volte più grande, un vero spaventoso pitone, una tentazione grande come la mia bocca spalancata.

E sparì nel buio.

9.

Signori della corte, lasciatemi parlare
So che mi giudicherete, e che vi piace
Solo la morte dovrebbe giudicare
Ma voi lo fate, e rimanete in pace.

Spesso usai gli altri, a volte con ferocia
Li calunniai, torvo tutti li odiai
E sempre ogni volta cercai
Di riparare questo mio sentimento
Ora non provo più questo tormento.

Signori della corte, che assolvete
Il più avido mercante, e condannate
La strega giovane, e chi ruba per fame
Della paura altrui voi fame avete.

Guardate giudici, Catena son chiamato
Al mio sguardo furioso incatenato
Rinchiudetemi, fate ciò che vi piace
Io sedevo una volta tra di voi
Ma vi guardo negli occhi e non avete
Sulla mia vita nessun altro potere
Che non sia quello tristo della scure
Non vi chiedo conforto né pietà
Io sarò morto, voi lo siete già
Siete in catene. Ora ridete pure.

Il professore possedeva un guardaroba diviso in due parti: Passato e Presente. Vintage e Dernier cri. L'armadio della sua camera da letto era a due scomparti. In uno c'erano le poche cose che indossava ogni giorno, più la scorta totale di mutande e calzini. Nell'altro dormivano sereni i capi di abbigliamento che non indossava più da anni. Dopo che Orietta aveva dato forfait per nonnismo, al suo posto era arrivata la gozzuta e sorridente Evelina, che veniva a fare le pulizie due volte alla settimana. Ma ora era a letto, inchiodata dalla gotta, e il professore faceva tutto da solo. Il risultato era a malapena dignitoso, le ragnatele sul soffitto prosperavano e ogni tanto una nuvoletta di polvere si alzava da libri e oggetti sfiorati. Fu quindi con una certa inquietudine che il professore girò la chiave del Vestiario Passato. Si diffuse nell'aria odore di vecchia lana e lavanda, e un mormorio di sorpresa si levò da giacche e pantaloni appesi alle grucce. Cosa li destava dal loro buio sonno? Un matrimonio, un compleanno o una ingloriosa fine sulla bancarella di un robivecchi? E soprattutto, chi sarebbe stato il prescelto, quello che avrebbe rivisto il sole?

Il professore esaminò una per una tutte le giacche. Cercò di abbinare ognuna a un ricordo, ma solo con una ci riuscì. Era una giacca a quadretti bianchi e neri, e ricordò il commento del collega Marras, quando ancora aveva voglia di scherzare.

– Gli scacchi li porto io?

Ci fu un primo esame della situazione. E il risultato fu disastroso. Le tarme e altri insetti abitofagi avevano gozzovigliato per un anno, un'orgia di tweed, un baccanale di lini, un gran gourmet di lane varie. Buchi su ogni giacca e pantalone.

– Si può riparare, si può rimediare – cantarono in coro gli Abiti Passati.

Ma il professore scosse la testa e aprì il cassetto delle camicie. I colletti erano lisi, e solo una era immacolata, color arancione fluorescente, un regalo di Remorus, ma non era mai stata indossata, né mai lo sarebbe stata.

Con un sospiro, e un grido di dolore che venne dagli Abiti Passati, il professore aprì l'anta del Presente. Pensosamente esaminò. Quale connubio poteva far risaltare la sua senile bellezza? Scelse il composé che usava quando andava in città. Una giacca nera di velluto con fodera rossa e un paio di pantaloni miracolosamente privi di padelle e pillacchere, di color beige. La camicia era quella delle grandi occasioni, verde provenzale con un motivo di piccoli gigli. Indossò il tutto e rimirò il suo busto al piccolo specchio dell'armadio.

Martin, pensò tra sé e sé, perché tanta attenzione e premura? Ti interessa tanto il giudizio della Principessa del Grano? Non ti conosce già col tuo caratteristico corredo di stracci? La mia è decenza, non seduzione, rispose il professore assolvendosi.

Quindi si fece la barba, non col rasoio elettrico ma con la lametta, si ferì come sempre sotto il naso e odoroso di aftershave guardò la pendola. Le dieci. Ancora tre ore prima di andare da Michelle ma belle. Che fare, in quell'emozionante attesa? Lavora, gli suggerì una voce imperiosa.

Si mise al computer, placò con un biscottino la coda vorticosa di Ombra e aprì la cyberposta. Solo due messaggi.

L'implacabile teatro francese annunciava un rifacimento in chiave antartica di *Amleto* con attori vestiti da pinguini.

Poi Franceschi si era preso la briga di mandare un'intervista con Ducati, con relativa parte riguardante.

```
In quanto ai poeti cosiddetti naïf, termine
assurdamente semplicistico, uno dei più
conosciuti è il Catena. Ma più per la sua
vita ribelle e dolorosa che per il valore
letterario. Naturalmente c'è chi, come il
suo esegeta Martin B., cerca di attribuirgli
```

```
profondi contenuti, ma con argomenti
improvvisati e poco convincenti. Non basta
un suicidio a fare un grande poeta, ma
evidentemente B., malgrado la tarda età, è
ancora affascinato dal termine maudit, come
un giovane liceale.
```

Però, si disse il professore, un vero affondo. Rispondo? Non ci penso neanche.

Ho conosciuto Ducati, pensò, credo abbia fatto sesso a malapena con la moglie, ha la faccia da ulceroso e la erre moscia, alle sue lezioni si può sentire russare un'intera generazione. Non devo soltanto pensare queste cose, devo scriverle, suggerì la sua voce inquieta. Magari tra qualche giorno, rispose la sua voce pigra.

Si rimise quindi a lavorare al suo saggio sulla poesia giocosa.

E molti devono averlo veduto
Nella sua pazza discesa di lassù in cima una sera
Traverso campi e muretti, attraverso ogni cosa
Tracciare con la lanterna anelli di luce.

Fra casa e stalla una raffica lo prese
Per il vestito che portava addosso
E lo scaraventò sulla crosta di ghiaccio
Che racchiudeva la terra, e fu spacciato...

He reeled, he lurched, he bobbed, he checked.

Lavorò fin quando la pendola segnò mezzogiorno, poi ricordò che i pantaloni che aveva scelto prevedevano l'ausilio di bretelle. Ne aveva un solo paio verde pisello, ma sotto la giacca nessuno l'avrebbe scoperto. Se le stava infilando quando la Principessa del Grano entrò, dalla porta lasciata aperta.

– Disturbo? Che belle bretelle, professor Martin.

– Nessun disturbo – disse il professore.

Adesso mi dice che il pranzo di oggi salta, pensò.

– Ho una proposta. Visto che è una giornata meravigliosa, perché non andiamo a fare un picnic al laghetto? Preparo tutto io, panini con la frittata e col prosciutto, formaggio e frutta. Le va l'idea?

– Fantastico – fu la risposta.

– Be', allora quando è pronto venga pure da me.

Il professore saltellando si affrettò a cambiare il guardaroba, da Pranzo di Gala a Pastorale. Con gran fretta si tolse i pantaloni, li sostituì coi soliti e al posto della giacca nera ne indossò un'altra verde con toppe ai gomiti ma fresca di lavasecco e tirò fuori da un recesso un paio di scarponcini in similcamoscio, in disuso da tempo.

Ombra, in ossequio al dodicesimo comandamento, guardava quella scena senza commentare. Gli interessava solo un particolare che lo riguardava.

– Sì, vieni anche tu con noi, Ombra.

Ombra dimenticò il dodecalogo e stampò i piedoni sulla giacca di Martin. Il professore imprecò e si spazzolò.

Poi si mise un libro di poesie in tasca, fa effetto declamare sulla riva di un lago, e si recò dalla vicina.

Lei lo aspettava davanti a casa, su una sedia a dondolo. Era vestita con una tutina rossa gradevolmente aderente, scarpette da footing, capelli raccolti sulla nuca e uno zaino sulle spalle.

– Lo zaino lo porto io – disse Ercole Savignano Martin.

– Non se ne parla neanche, l'idea del picnic è mia. Tutt'al più, se vuole può mettersi in tasca la bottiglia di vino.

Forse allude al fatto che la giacca è un po' sformata, pensò il professore. Ma subito dimenticò il dubbio e i tre si avviarono, Ombra davanti annusando come un rabdomante, la Principessa con passo elastico e Martin maledicendo la scelta degli scarponcini. Erano duri come marmo e gli facevano male già adesso, figuriamoci poi.

Parlarono di vari argomenti, i provini di lei, i reading universitari di lui. Tutto intorno i boschi dorati di San Pietroburgo li circondavano e stormi di uccelli si levavano in volo dai campi neri dove aveva trionfato re Elianto.

Il professore indicava col bastone il nome delle piante che incontravano e Michelle annuiva, con un lieve sorriso sul volto pallido. Il professore pensò che non dormiva bene. Glielo chiese. No, dormo abbastanza, rispose lei, mi sto abituando ai rumori notturni. Erano già arrivati davanti ai ruderi del Catena, quando Ombra scartò e si mise a abbaiare. Il professore guardò nella direzione verso cui era rivolto l'avviso del cane. E vide la vecchia dallo scialle rosso, con una falce in pugno, come una morte da carnevale. La vecchia posò la falce, guardò il professore e gli fece un cenno inequivocabile di invito, vieni da me viandante, non avere paura.

– La conosce? – chiese Michelle.

– No. Mi hanno detto che è una pazza che abita qui vicino – rispose il professore, e nascondendo un leggero turbamento proseguì.

Il magico pomeriggio

I panini erano squisiti come sono i panini dopo una lunga camminata, quando si è sulla riva di un lago con un'affascinante principessa bionda e in compagnia di un rassicurante scudiero.

Parlarono a lungo e Ombra si esibì nella sua famosa imitazione del Bagnante Indeciso, per poi rinunciare al tuffo in acqua fredda e intingere solo le zampe. Il professore lesse alcune poesie di Giorgio Caproni, e la principessa ne lesse una a sua volta, vincendo la sfida.

Dopo aver bevuto un bicchiere di vino, erano sdraiati sull'erba. Guardavano una nuvola solitaria, ferma nel cielo come una pennellata svogliata, e l'acqua del laghetto che sembrava, quel giorno, finalmente tornata celeste. Michelle stava sdraiata su un fianco, la testa appoggiata al gomito sinistro, e fumava una sigaretta che aveva arrotolato destramente con una sola mano, utilizzando una diabolica scatolina e una tabacchiera con un disegno di uccelli.

Il professore annotava ogni particolare di lei. Sapeva che avrebbe ricordato quei momenti rari e non perdeva nessuna impressione, nessun rumore e odore, compreso un leggero sentore di piede infuocato proveniente dai suoi scarponcini slacciati.

– Professore, – disse lei ridendo – ha un gran buco in un calzino.

Ahimè, era vero. Il calzino di lana aveva una voragine sul tallone.

– Sono un uomo indipendente, – disse il professore – forse anche troppo.

– Se vuole glielo rammendo.

Grazie Nasten'ka, pensò. Ma vivo la mia povertà dignitosamente, non come il tuo mercante d'arte che avrà centinaia di calzini inglesi. – E poi ho dei bei piedi, anzi forse ho belli solo quelli.

Lei non smentì.

– È tutto così magico, – disse Michelle con un sospiro – mi

sento in sintonia con questo laghetto, forse lei ha ragione, bisogna lasciar passare un po' di tempo prima di adattarsi a questi posti.

– Certo. (San Pietroburgo è una città strana, gioia mia.) Vuole un altro bicchiere di vino? – chiese il professore.

– Grazie no. Ci vorrebbe... ma che sciocca sono a pensarlo...

– Dica, dica, apra il suo cuore.

– Be', forse lei ha lasciato da parte i suoi vizi, ma ci vorrebbe una sigaretta arrotolata... di quell'erba speciale, capisce, mi hanno detto che qui la coltivano...

Il professore si preparò a uno dei colpi di teatro più sensazionali dell'ultimo decennio. La giacca che aveva era la stessa in cui aveva riposto la scatolina di Vudstok. Tastò con le mani, ma non la trovò. Forse Ombra aveva un vizio nascosto? Cercò meglio, c'era un buco nella tasca e la scatolina era finita dentro la fodera. La estrasse e la porse a Michelle, come uno scrignetto d'oro.

– Ecco a lei, madame.

Lei la aprì e rise di gusto.

– Professore, questa da lei proprio non me l'aspettavo.

Mi faccio e strafaccio ogni giorno, bella, cosa credi, pensò di dire Martin.

– È un regalo, non fumo più questo elisir da quando ero studente – disse, mentre lei con grazia mescolava il legale e l'illegale, leccava la cartina, confezionava la sigaretta.

– Io invece la fumo, – disse Michelle – una volta ogni tanto. È bello fumare quando sei di buonumore, non quando sei triste. Però lei mi deve promettere che almeno un tiro lo dà.

Oh giammai, rispose il professore schermendosi.

– Se non fuma lei non fumo neanche io.

O Nasten'ka, rosso diavoletto, lo sai che certe cose fanno male a noi vecchi, perché mi tenti, perché i tuoi occhi ridono del mio imbarazzo e io non so dirti di no?

– Comincio io, naturalmente – disse lei aspirando.
– Sì, poi io, poi Ombra – disse il professore.

L'odore si diffuse nell'aria. Il professore immaginò cosa avrebbero detto i suoi vecchi allievi, o suo figlio, o Remorus vedendolo fumare una canna in riva a un lago, in un pomeriggio d'autunno. Be', buttiamoci.

Tirò, aspettando l'effetto. Ma non gli crebbero i piedi caprini né corna in testa, non diventò un fauno né tantomeno un giovane principe.

Perciò, quando lei gli mise nuovamente in mano la sigaretta aspirò un'altra boccata. Un allegro languore colorò il volto della Principessa, e anche il professore sentì la testa leggera, e pensò: non ricordavo, non è male. Grazie, tovarish Vudstok.

La confessione

Non ti descrivo, amabile lettore, quanto unico e raro fu quel pomeriggio. Posso solo raccontarti che avevo dimenticato tutto, lontananze e tristezze, la mia vecchiaia e la sua giovinezza, e ogni scrittore di ogni paese, compreso il poeta che portavo in tasca. Avevo saputo molte cose di Michelle, del padre italiano, della madre francese, e poi della sua infanzia, piccola danzatrice sulle punte, in una vecchia palestra a Montpellier, e poi i viaggi, e i libri preferiti, e i suoi lavori in teatro, e qualche suo amore appena accennato. Io elusi le sue domande, volevo sapere di lei, ascoltare lei.

Sarei restato lì per la vita. Ma verso le sei dovetti purtroppo segnalare a Michelle che ci attendeva un'ora abbondante di cammino, e dovevamo incamminarci prima del buio.

Lei aveva gli occhi accesi e i capelli pieni di fili d'erba e di varie creature prataiole. Si prese le ginocchia tra le braccia come una bambina imbronciata.

– Ancora qualche minuto, professore – disse. Tirò fuori dallo zaino un pacco di fogli e me lo consegnò.

– Ecco il capolavoro – dissi, sorridendo accogliente.

– Non mi prenda in giro. Spero che un poco le piaccia. Ma prima devo farle una confessione. Dopo deciderà se leggerlo o no.

– Sono pronto – risposi, con leggera inquietudine.

– Lei è così saggio, Martin. Sembra che le cose del mondo siano andate tutte al posto giusto, nella sua vita semplice. Lo so che anche lei soffre, ma vicino a lei io sento solo tranquillità. So che posso sembrarle leggera, invadente. Ma non lo sono. Amo l'arte e il mio lavoro, ho sempre dato tutto, senza lamentarmi troppo. Ma ho un segreto. Sarebbe sleale nasconderlo.

– Le ripeto che sono pronto...

Un lieve vento increspò la superficie del lago, lei non mi guardò più negli occhi.

– La mia commedia parla di una giovane attrice e di un regista che ha cinquant'anni. Anche se può ricordarglielo in certi tratti, non è Aldo. È il primo uomo che incontrai quando arrivai nella grande città, vent'anni e la sicurezza che sarei diventata una diva. Fu dura fin dall'inizio. Mio padre non aveva approvato quella scelta e non mi diede un soldo, lavorai come cameriera, come aiuto costumista, collaborai a qualche scenografia. Poi conobbi quest'uomo, non ne faccio il nome, chiamiamolo Falstaff, perché era grasso e goffo. Ma aveva in mano il più grande teatro della città e nessuno poteva allestire o sabotare spettacoli come lui. Mi notò mentre dipingevo le scene e si mise a parlare con me. A prima vista un rispettabile zio. Senza pensarci troppo gli dissi qual era il bar dove lavoravo. Una settimana dopo lo vidi seduto lì, mi fece gran festa e chiese a che ora smontavo, e se potevamo prendere l'aperitivo insieme. Era insieme a un attore molto noto, ricordai che Falstaff aveva nomea di omosessuale, ma il suo sguardo su di me non era candido. Prendemmo un drink e ci scambiammo i numeri di telefono.

Il seguito era prevedibile, professore. Iniziò a corteggiarmi sfacciatamente, disse che sapeva di non essere un Adone ma che prima o poi lo avrei trovato irresistibile. Mi diceva che aveva in mano una grande occasione per me, stava allestendo un musical e aveva bisogno di un'attrice che sapesse anche ballare, era una parte importante, non da protagonista ma quasi. Controllai la notizia, era vera. Già stavano facendo i provini. La strada era spianata, ma sapevo bene cosa voleva Falstaff da me. E più lo guardavo, più provavo repulsione per lui.

La voce di Michelle si interruppe tremante, una lacrima le rigò la guancia.

– Cosa le succede, cara? – chiesi. – È sicura di volere andare avanti a raccontare?

– Devo, – disse Michelle – ma lei forse ha già capito. Ci andai a letto, in un grande albergo del centro, non dimenticherò mai lo sguardo della concierge quando lui chiese la chiave della camera.

– Basta Michelle, – la interruppi – non si faccia del male.

– No, non è l'erba che abbiamo fumato che mi fa dire la verità. Non posso avere questo segreto con lei. Accadde una sola volta, ma ancora piango se ricordo l'umiliazione, l'espressione del suo volto, le parole che usava. Ebbi la parte, ma era una parte piccola, nessuno mi notò. Sono stata capace di questo. La commedia non ne parla, anche se è solo in parte autobiografica, sento che non ho scritto tutta la verità. Ora lei, se vuole, può ridarmi il testo, non vedermi più, disprezzarmi. Lei mi ha detto che non è stato uno stinco di santo, ma Martin non è mai stato Falstaff, non lo sarà mai, lo sento. Lei ha una dignità, io l'ho persa.

– Si sta facendo male da sola, ripeto. Tutti commettiamo

sbagli, – dissi con voce ferma, anche se dentro di me un leggero, ingiusto disprezzo stava crescendo – tutti abbiamo un segreto. Ma ora lei ha il futuro davanti, Michelle, e non ci sarà più un Falstaff nella sua vita. Ed è leale che lei mi abbia parlato.

– Quindi leggerà la commedia? Non è cambiato nulla?

– Nulla – risposi.

Ma camminando sulla via del ritorno, mentre la luce del sole si affievoliva e Ombra diventava invisibile, eravamo tutti e due silenziosi, immersi nei nostri pensieri. Cercai di dire qualcosa su Falstaff, su come il panciuto seduttore finisca burlato e deriso, e su ciò che Wilde diceva di Falstaff e Amleto. Ma quelle parole risuonarono pedanti e inopportune, seguite da un nuovo silenzio. E quando lei rientrò con un cenno di saluto mi sedetti sul retro della casa, sulla poltrona sfondata. Mi accorsi allora che stavo quietamente piangendo.

Un daino uscì dal bosco. Aveva voglia di parlare con me. Ma mi guardò in volto, e con due rapidi balzi sparì. Le stelle di San Pietroburgo, implacabili e raggianti mi fissarono fino alle tre di notte, quando mi coricai, e dormii sognando la neve.

10.

C'erano un re e una principessa
E la questione era sempre la stessa.

Lui disse: sposa il principe Carlo
La figlia rispose: non voglio sposarlo
Allora il re disse: ohibò!
E un altro principe in giro cercò.

Lui disse: sposa il principe Piero
La figlia rispose: no per davvero
Allora il re ridisse: ohibò!
E dentro una torre la incatenò.

C'erano un re e una principessa
E la questione era sempre la stessa.

Lui disse: sposa il principe Antonio
E lei rispose: neanche per sogno
Allora il re tridisse: ohibò!
Partì per la caccia e dimenticò.

Lui disse: sposa il principe Artù
Lei disse: mai, sposalo tu
Il re rispose: in fondo son gay
E sposò Artù al posto di lei.

C'erano un re e una principessa
E la questione era sempre la stessa.

Lui disse: sposa il principe Aiace
E lei rispose: no, non mi piace

Allora il re disse: che iella
Questa mi resta a vita zitella.

Lui disse: sposa il principe Fido
La figlia rispose: piuttosto mi uccido
Allora il re disse: è così?
La fece uccidere, e la questione finì.

Il professore si destò alle undici. I pensieri della notte non c'erano più, qualche benevolo dio del Sonno li aveva messi in fuga. Il *Flauto magico* di Mozart, dallo stereo, ribadì il concetto e lo rasserenò ancora di più. Il dolore per il racconto di Michelle si era trasformato in quiete. Pensava forse che la bella vicina fosse perfetta? Non aveva imparato niente dai suoi anni di predatore e dal successivo autodafé?

Signori della corte, non siederò più tra di voi, e se giudicherò e sarò giudicato, sarà fuori dalle vostre aule tetre.

Aprì la porta, c'era il sole. Ombra gli andò incontro festoso. Poi ambedue cacarono. Il professore sul trono di porcellana, fissando, sul mobiletto del bagno, la collezione di medicine scadute, tra cui un rarissimo collirio anni sessanta. Ombra lo imitò nel prato, dopo aver annusato e scelto un punto vicino agli scalini dove il suo prodotto poteva essere calpestabile (terzo comandamento del dodecalogo).

Svolto il loro dovere metabolico si accinsero al lavoro, il professore alla scrivania, Ombra mettendosi in esplorazione dei dintorni (sesto comandamento).

Mentre accendeva il computer, il professore si accorse di un biglietto che qualcuno aveva infilato sotto la porta. Diceva:

Professor Martin, devo correre in città per un provino, mi ha telefonato una mia amica. Ma tornerò domani sera. Mi rac-

comando, non scappi, ho in mente nuovi deliziosi panini per lei. Non esageri con le droghe.

Baci, Michelle

O Nasten'ka, premurosa e cara, tornerai, sì, tornerai e andremo di nuovo in riva al laghetto o per le steppe limitrofe. Per pochi giorni, o ore, sarai di nuovo mia, interamente mia. E in tutto ciò non c'è ardente desiderio, ma un desiderio tiepido come questo sole autunnale, pronto a riconoscere ciò che è bello, e a accettare che forse verrà presto perduto. Almeno spero.

C'erano tre mail nella posta.

La prima non era del teatro francese, ma sul wa tsu, un corso di rilassamento mediante massaggio in acqua calda. Un suo vecchio allievo lo invitava a provare. Perché no? Magari con Michelle, due scherzose lontre nello stesso brodo.

La seconda era di Remorus e diceva:

```
Jack ripensaci, non abbiamo parlato di soldi
ma posso darti il doppio del tuo ultimo
stipendio. Così ti compri una giacca senza
toppe.
Il tuo amico Remorus
```

La terza era un altro ritaglio di Franceschi su Ducati. La eliminò senza leggerla. Non capiva se era Ducati a avercela con lui, o piuttosto, con sottile perfidia, il suo ex assistente.

Quindi navigò.

Andò al segnalibro apposito e vide che la Nuova Zelanda era in semifinale ai campionati mondiali. Ebbene sì, il professore era tifoso. Ma non di calcio, bensì di rugby, sport che aveva praticato in gioventù, anche se smilzo. Lo avevano riempito di virili botte e portava ancora come ricordo un dente scheggiato.

Rilesse il biglietto di Michelle e decise di andare a Borgocornio gemellata con Horby a fare la spesa, stavolta sarebbe stato lui a invitare a pranzo lei. Uscì e per poco non rotolò giù dai gradini. Una principessa, con tanto di lungo vestito azzurro e cappello a cono, stava correndo nella sua direzione, lanciando grida. Un fantasma? Un'apparizione inseguita da qualche drago o cavaliere malvagio?

Niente di tutto ciò. La principessa correva parlando a voce alta in un telefonino. Il suo accento non era esotico, ma del posto, e diceva più o meno così.

– Vengo vengo, non rompete i cojoni, e che sarà mai mezz'ora de ritardo!

Martin si ricordò allora che proprio quel pomeriggio, in paese, cominciavano i tre giorni della Sagra del cavalier Incerto.

Detta ricorrenza era ispirata alla figura medioevale di un condottiero noto per la sua propensione al sesso bisesso, che aveva molto amato giovani e giovanette del luogo per finir poi schiantato in battaglia. C'erano balli e cori in costume dell'epoca, riffe, bancarelle e naturalmente gran bere e mangianza.

Meglio che vada in fretta prima che cominci il casino, pensò il professore, e avviata la sua Francesina si lanciò sulla strada. Subito vide la principessa che faceva autostop. La caricò, dopo aver richiuso bene lo sportello dove si era impigliato lo strascico del vestitone azzurro.

– Me scusi, ma devo andare in paese al bar Marlon, la sveja non mi ha svejato, facciamo le prove, io sono la castellana Calpurnia, la moje del cavalier Incerto.

– Ah, – disse il professore – adesso capisco il cappello, è per nascondere le corna...

La giovane rise con impeto inadatto al suo rango e si mise a fumare.

– Je disturba se fumo? – chiese dopo un minuto.

Il professore non le fece notare la leggera incongruenza della domanda, e il fatto che stesse spalmando cenere sul sedile. Era di buonumore e rispose:

– Magari apra il finestrino.

– Già. Dio caro, sarò scema?

La castellana si qualificò come Isolina, figlia del panettiere del paese, con il sogno di fare la ballerina televisiva. Aveva già fatto due provini per dei reality sciov ma non l'avevano presa per un pelo. Era anche stata Miss Gambe alla Sagra della Rana Fritta e aveva impersonato una damigella alla Sfilata del cavalier Incerto dell'anno prima. La promozione a Calpurnia la rendeva orgogliosa. Martin stava per ricambiare la presentazione ma lei lo anticipò.

– Oh, io lo so chi è lei. È un professore importante, che studia quel matto del Catena. Sa come la chiamiamo noi al paese?

Il professore si preparò al peggio.

– Ciuffobianco. Il professor Ciuffobianco.

Be', è andata bene, pensò Martin.

– Le piaccio come Calpurnia? – disse Isolina. – Ho sbarajato tutte le rivali. Mi son perfino tolta il piercing al naso. Sa cos'è il piercing? O magari è roba troppo nuova per lei, mi scusi...

– Il piercing fu inventato dagli egiziani. Al British Museum c'è una statua di bronzo raffigurante un gatto con un piercing al naso. Seicento anni prima di Cristo e duemilaseicento prima della vostra moda.

– Quante cose sa. Sa anche cosa vuole dire Bully?

– Non proprio – mentì il professore, che non voleva passare per saccente.

– Be', vuol dire bullo, teppista. Una volta c'andavo, poi ho smesso, ci è morta una mia amica, Zelda.

– Ho letto qualcosa sui giornali.

– Girava un sacco di droga lì dentro. E ancora ci gira. Perché nessuno fa niente, secondo lei?

– È una domanda che mi faccio anche io – disse il professore.

L'insegna del bar Marlon, col suo splendore incoronato di moscerini, interruppe la conversazione.

Il professore consegnò Isolina e fu attorniato dai Marlons, appena arrivati rombando. In testa a tutti Divano, a cavallo di una moto cromata che sembrava un negozio di lampadari su ruote. Scese scricchiolando nel suo nero carapace e si tolse il casco. Porse la mano al professore, che notò sul braccio il tatuaggio di un cuore sanguinante e la scritta MARIA LUISA POZZATI FOREVER. Tanto per non confondere. Poi Divano presentò gli altri Marlons:

il barista Jimmy, un Buddha calvo e tatuato;
Armando Elvis, idraulico con regolare ciuffo;
Tam Tam Tamara, tabaccaia con minigonna di anaconda;
Gas Gas Gasbarroni, occhialoni neri, disoccupato;
Giorgione il biondo, playboy e magazziniere;
Scheggia junior, elettricista, con un giaccone tre volte la sua misura, ereditato dal padre Scheggia senior che a ottantasei anni era andato in moto fino a Capo Nord.

– Be', come va la Francesina? – tuonò Divano menando una gran pacca sul cofano della Dyane.

– Be', marcia ancora bene, certo non è una Harley – disse il professore.

– La Harley è per pochi – sentenziò Jimmy, a braccia incrociate.

– Costa molto?

– Meno di quelle fuoriserie da trecento all'ora che si fanno regalare i fighetti del Bully – disse Giorgione.

– Magari non sono tutti fighetti, ci andavo anche io – disse Isolina.

– Sono cojoni, che vengono da ogni parte per la droga. Noi Marlons la droga non la vogliamo vedere. Solo birra, quella sì, tanta.

– Quella è camorra, – disse Gas Gas – che tornino a casa loro, bisognerebbe bruciarlo quel posto. Crepi chi ci va.

– Basta, – disse Isolina – ci è morta una mia amica, lo sapete.

Il professore lasciò la principessa Isolina e i cuori rombanti, e parcheggiò la Francesina appena fuori dal paese. Quindi si diresse di buon passo verso la macelleria per acquistare un pollo, dato che una delle poche ricette dignitose della sua cucina era il Pollo alla Birra. Entrò e davanti a lui c'era un figuro con costume medioevale verdastro, cappello con piuma di fagiano e una balestra sulle spalle. Acquistò un grosso stock di bistecche, si voltò e lo salutò.

– Professore, è tanto che non viene a mangià da noi, ci tradisce con qualche postaccio nuvel cusin?

Era Bollini, il noto ristoratore Bollini.

– Mangio raramente fuori, ma prima o poi verrò – disse Martin.

– Va bene. Ma venga alla sagra a vedè la gara de tiro. L'anno scorso ho vinto io. Vede questa balestra? Dio caro, è un'arma antica rifatta da un mio amico artigiano, è una meravija. Questa è come un fucile, potrebbe fermare anche un cinghiale, volendo...

Il professore trasalì.

– Mi dica, Bollini. Lei ha sempre quel tavolone in cantina?

– Certo, è per gli ospiti speciali.

– E ha ancora quei bei trofei alle pareti?

– Cojoni se li ho. E me ne vanto. Ho la testa di un cinghiale di centottanta chili – disse.

Nel sogno erano di meno, pensò il professore, stia attento Bollini, la vendetta zannuta potrebbe arrivare implacabile. Ma non volle turbare i sonni di quel giusto e disse solo:

– Prima o poi verrò.

– Il tavolo in cantina è suo.

Il professore si sorprese suo malgrado a toccarsi le balle. Acquistò il pollo e uscì a passeggiare. Qua e là si cominciavano a vedere bambinoni obesi vestiti da paggetti e ricciute damigelle. Stavano allestendo il palo della cuccagna e già erano in vendita finti spadoni e mazze in plastica per i fanciulli. Un odore di micidiali ciambelloni fritti iniziava a impregnare l'aria. Il professore acquistò anche le birre e rientrò.

Per tutto il pomeriggio cercò di lavorare ma non ci riuscì. Il pensiero correva al pomeriggio del giorno prima, alla chioma bionda che cambiava colore con la luce, alla quiete del lago, ai fiordalisi e altre romanticherie.

Quanti giorni restavano prima che il Torvo tornasse? Due, forse tre. Ti devono bastare professore, pensò.

Tornò in casa. Aprì un baule in camera da letto. Dentro c'era un suo segreto. Lo guardò a lungo, poi richiuse.

Ombra abbaiò.

Martin guardò fuori dalla finestra. Scorse per un attimo, vicino all'olmo di Michelle, la vecchia con lo scialle rosso, ma quando uscì era già sparita con incredibile rapidità, la strega.

Decise che l'indomani sarebbe andato a trovarla per chiederle il perché di quello strano comportamento. Bussarono alla porta.

Era un Robin Hood di circa dieci anni, alto un metro e un barattolino, con un boccale in mano.

– Offerta per la Sagra del Cavaliere, quello che vuole signore.

– Va bene – disse il professore. Gli fece risuonare alcune monete nel boccale e poi chiese: – Come ti chiami, piccolo?

– Aguzzi Antenore, signore.

– Aguzzi come il fioraio?

– È mio padre, signore. Ma il negozio è fallito, siamo chiusi.

– Mi dispiace – disse Martin, e dopo un imbarazzato silenzio aggiunse: – E tu cosa vuoi fare da grande?

Il piccolo Robin esitò, dondolandosi su una gamba, poi disse:

– Non so. Aprire un negozio che non chiude mai, signore.

Bella risposta, pensò il professore mentre Robin si allontanava.

Era ormai sera, il professore vide le luci della casa azzurra spente e gli venne malinconia. Cenò con una sua ricetta, gli spaghetti Separati in Casa.

Ricetta della pasta alla Separati

Cuocere due etti di pasta. Tagliare un pomodoro crudo a dadini e mescolare. La pasta e il pomodoro non si comunicheranno alcun sapore e si ignoreranno, ma sarà sempre meglio che una pasta in bianco.

Annaffiò il manicaretto con una birra rubata al pollo. Poi vagò a lungo per la casa, lesse poche pagine di un libro ma non riuscì a andare avanti. Si ricordò allora della commedia di Michelle. Iniziò a leggere.

```
Interno notte. Un appartamento poco
illuminato. Un uomo, sui cinquant'anni, in
camicia e pantofole, sta battendo sulla
```

macchina da scrivere. Guarda verso la porta ogni tanto, come se aspettasse qualcuno. Riprende a scrivere. Si sente il rumore della chiave nella porta e appare una ragazza con un impermeabile. Se lo toglie.
Lui – Dove sei stata?
Lei – Non è affare tuo.
Lui – È affare mio, visto che è mezzanotte passata.
Lei – Sono stata a lavorare. Proprio come te.

Il professore lesse fino a pagina cinquanta, tormentandosi il ciuffo. Ogni tanto, con una matita, annotava qualcosa in margine al testo. Quando guardò la pendola, era già mezzanotte. Ombra aveva aperto il suo facebook e ululava a piena gola, come suggerisce il nono comandamento del dodecalogo. Il professore si rannicchiò sulla poltrona sfondata a guardare le stelle e il profilo aguzzo del bosco. E sentì che loro lo guardavano.

Non c'erano ma si sentivano.
I grilli musicisti.

Cantavano:
– Cri-cri-cribbio, il professor Ciuffobianco è innamorato cotto.
– Cri-cri, cotto e stracotto.
– Cotto della vicina dalla bionda cri-cri-niera.
– Zitti, – disse il professore – non è vero. È solo simpatia. Una casta, cordiale simpatia per chi mi ha fatto dimenticare la solitudine.
– Ma chi ci cre-cre-crede?
– Ci prende per cre-cre-cretini?
– Lei è in cri-cri-crisi amorosa senile.

– Dite quel che volete, sono abbastanza vecchio per conoscermi. Voi siete degli inguaribili romantici, ma non ci casco.

– Dicono tutti così. Ricordate Cri-Cri-Cristiano il mugnaio?

– Eccome! Mio nonno Saltamartino me la raccontava...

– Cri-cri-cribbio, il mugnaio aveva la sua stessa età professor Ciuffobianco, una ragazza gli porta il grano da macinare, lui su due piedi si innamora e la chiede in sposa.

– E lei gli risponde: non ci penso nemmeno, brutto vecchiaccio.

– E Cri-Cri-Cristiano il giorno dopo si impicca a un fico.

– Ve la siete inventata adesso – disse il professore.

– No Ciuffobianco, noi diciamo sempre la verità, ci cre-cre-creda.

– Ad esempio la leggenda della ragazza del lago.

– Non è vera, non è andata così.

– Chieda alla vecchia, lei lo sa.

– Ma attento, potrebbe anche tagliarle la testa con la falce.

– È una cri-cri-criminale.

– Ma ce l'avete con me? – esclamò Ciuffobianco.

– Cri-cri-cribbio, no.

– Non è una cri-cri-critica. Vogliamo solo avvertirla.

– Vuole che le suoniamo *White Cri-Cri-Cristmas*?

– No.

– Mozart?

– No.

– Del buon vecchio rock? King Cri-Cri-Crimson? Ci faremo fumare le zampe, se lei vuole...

– Grazie no. Fate silenzio, per favore.

E silenzio fu.

11.

La storia è una terra stregata
Continuamente riscoperta
Per capire un anno, o una data
Dall'alto la devi guardare
Ha montagne da scalare
Si arrampicano gli studiosi
Sopra burroni paurosi.

Ha fiumi che trasportano secoli
Mari che nascondon tesori
Ha battaglie e cadaveri
Ha le nuvole del prima e del poi
Ha grotte in cui scompaiono
Le tragedie e gli eroi.

Si presenta con date e numeri
Ordinata e precisa la storia
Ma la scuotono i terremoti
Dell'oblio e della memoria
A volte galoppa a cavallo
A volte è cieca, e va lenta
Come il pipistrello alidiavolo
A testa in giù si addormenta.

Il mese scorso
Ventidue agosto millenovecentotrentatré
Gli infermieri preposti al turno Barbieri
Lino e Aguzzi Giosuè

Entrati nella camera adibita alla contenzione
Trovarono il giaciglio vuoto e i lacci sciolti
Fu cura di costoro avvertire prestamente
Il primario dottor Gualandi
E dopo una breve ricerca
Nella stanza contigua ove ha sede la far-
macopea
Fu rinvenuto il corpo di Rispoli Domenico
In una copiosa pozza di sangue
Col collo resecato alla giugulare
E vicino al suddetto un paio di forbici
Di cui era entrato in possesso
In alcuna ragione spiegabile
E per negligenza di alcuno
Il dottore Gualandi, dopo consulto coi
colleghi
Vista la lampante evidenza di detto suicidio
Non ordinò alcuna inchiesta
E il corpo del Rispoli fu rimosso
Non ci è dato sapere
In quale luogo sia stato tumulato
Non nel cimitero del paese
Per manifesto impedimento religioso
Essendosi tolto la vita.

Non conoscendosi eredi
I suoi abiti, un orologio di poco prezzo
Un calamaio, due penne e un plico di scritti
Ordinai venissero chiusi in questo archivio
Nel caso qualcuno venisse a richiederli
Con titolo legalmente adeguato.

Firmato Saverio Martino
Ispettore degli istituti manicomiali
del Centro Italia

La casa della strega, mi ero informato, si raggiungeva attraverso un sentiero proprio vicino ai ruderi del Catena. Con una certa inquietudine mi incamminai, in una mattina fredda, con la prima tramontana che spogliava gli alberi. Procedevo controvento, con gli occhi che lacrimavano, e arrivai.

Il sentiero era fitto di gramigna e fiori gialli. Ombra, stranamente, annusò l'aria e non mi seguì. In breve tempo giunsi davanti all'antro della strega, un casolare cadente, con un muro di pietre grezze e un pergolato di uva mal curato. Appoggiate vicino alla porta aperta c'erano una falce e una vecchia bicicletta. Ecco il perché delle rapide sparizioni della vecchia. Non era un fantasma, era una ciclista! Un gatto nero, ispido, schizzò fuori dalla porta semiaperta e fuggì.

– C'è qualcuno in casa? – gridai.

Nessuna risposta e nessun rumore, escluso il monotono tubare di un piccione.

Entrai. Una stanza spoglia, col pavimento sconnesso. Unico arredamento, tre vecchie sedie e un tavolino. Sul tavolino, delle carte da gioco piacentine, disposte a croce. Alle pareti, solo un calendario e una cornice con la foto ingiallita di un uomo. Un camino pieno di cenere, e sulla cappa teste d'aglio e collane di peperoncini. In un angolo, come un impiccato, pendeva un salame. E appesa sopra il tavolo, reperto preistorico, una viscida, dorata carta moschicida con due cadaverini ronzanti.

– C'è qualcuno? – ripetei.

E dalla porta, prendendomi alle spalle, lei arrivò.

Aveva una zappa in mano. Non indossava lo scialle, e i capelli erano più bianchi dei miei, raccolti in crocchia. Era tarchiata e un po' ingobbita. Tra mille rughe i suoi occhi mi scrutavano.

Erano occhi buoni, da animale abituato a scappare.

– Ero nell'orto a lavorà – disse.

Mi fece cenno di sedere. Poi prese un'altra sedia e trascinandola si avvicinò. Si mise vicino, molto vicino.

– Sono sorda. Parli a voce alta.

– Va bene. Vuole sapere perché sono venuto?

– Dica pure.

– Non so per quale ragione ma lei mi spia. Cosa vuole da me?

La vecchia rise mostrando una dentatura giallastra e regolare, tanti chicchi di mais.

– Mica la spio. Volevo che me venisse a trovà. E lei è qui.

– Già, ma perché?

– Da 'ste parti sappiamo tutto de tutti. E io so che lei studia il Catena, non so perché, voi de città siete strani. E poi lei scrive.

– Sì. Non c'è niente da nascondere in questo.

– Non c'è niente da nascondere per lei. Ma i miei paesani hanno molto da nascondere, non si faccia fregà dalle loro cortesie, hanno dei brutti segreti e sono cattivi, molto cattivi.

Parlava lentamente e non sembrava affatto pazza o isterica, anzi era tranquilla e mi guardava negli occhi.

– Le hanno detto che vado in giro e che parlo da sola?

– Sì.

– È vero, a volte mi prende la rabbia e lo faccio. E di notte sento anche delle voci.

– Delle voci?

Indicò il muro con una mano incredibilmente giovane e liscia.

– Sono voci dentro al muro, de gente che piange e si lamenta. Me fanno paura, ma devo ascoltà.

– Forse sono voci... non vere, signora Berenice.

– Sono vere, – disse la vecchia sgranando gli occhi – sono più vere delle voci che si sentono de giorno, e raccontano storie e dicono le loro bugie. Gli assassini hanno paura delle voci, molto più de me. Le sentono, ma fanno finta de niente.

Si era agitata, si toccava la fronte con un dito per indicare il tormento che aveva nel vecchio cervello. La voce si era fatta stridula, ma non avevo paura, non era una strega. Era solo una vecchia malata di solitudine, come me.

Ciò che disse la vecchia

– Per questo l'ho fatta venì qui. Lei scrive. Deve scrivere le voci, tu devi scrivere le voci, tutti devono sapè, non devono restare nascoste.

– Io non so se sono in grado...

– Lei ascolti e capirà. Ho studiato fino alle medie e basta. Ma me so spiegà. Tu scriverai. Scriverai la vera storia della morte del Catena. E non solo quella.

Questo mi interessava.

– Rispoli Domenico il povero matto, io sono sua lontana parente, mio nonno me ne parlava sempre. E mio nonno sapeva cos'era successo davvero, non so come, ma lo sapeva. Lei crede che il Catena se sia ammazzato?

– Così dice il documento del manicomio. Si è tagliato la gola con le forbici.

– No, no – gridò la vecchia alzandosi come una furia, spaventandomi. – Niente forbici, niente.

– Si calmi, Berenice.

– Lo ammazzarono di botte. Di botte come un cane ladro. E lo sgozzarono, come un majale, per far finta che si fosse ucciso. Lo raccontò a mio nonno un infermiere di quel posto. Non si è ucciso. Era pazzo, come dite voi, ma voleva vivere.

Questo cambia molte cose, pensai. Ma a chi credere? Al documento ufficiale o a quella vecchia visionaria? Mi tornarono in mente dei versi.

Amo e odio la vita. Poco so di me.
Son fuoco e bosco. Sono pazzo e son saggio
E mai sceglierò la morte. Non perché
Mi manca una pistola o il coraggio.

Amo in prigione, ma amo
Ciò che scelgo e ciò che mi tocca
Amo il mio sangue che trabocca
Da me, come un fiume.

– Tu scriverai questa storia – ripeté la vecchia.

– Va bene, – dissi – ma adesso si calmi.

– No. Mi calmerò quando avrò detto tutto. Tutto quello che i bastardi nascondono. Con le loro feste, i loro balli, il loro rumore. Le voci sono più forti de quel rumore. Chiudi gli occhi.

– Perché? – chiesi.

– Chiudi gli occhi e ascolta le voci.

La vera leggenda della ragazza del lago

Verso la metà dell'Ottocento, nella località attualmente conosciuta come Case Basse, allora scarsamente abitata, viveva un contadino Furio, con la figlia Adele. La madre era morta nel parto.

La ragazza aveva diciannove anni quando si recò a un ballo nell'aia dei vicini. Fu notata da un mercante di grano e proprietario terriero, di nome Remo, uno degli uomini più ricchi della valle. L'uomo si innamorò a prima vista e la chiese in sposa. Il padre acconsentì subito con entusiasmo, anche se la ragazza era contraria, e ogni giorno, da quel giorno, fu vista piangente.

La data delle nozze era vicina. Il padre e il futuro marito

si erano dati appuntamento nella casa della promessa sposa. Bevevano davanti al camino per mettere a punto i particolari del matrimonio. Il mercante non solo rinunciava alla dote, ma donava al padre un appezzamento di terreno e un bosco di sua proprietà. I due si misero a brindare, bicchiere dopo bicchiere, e a conversare con grandi risate.

Nel mezzo della notte Adele uscì dalla finestra della sua camera e tentò la fuga, verso il lago oggi detto Acqua Celeste.

Ma il padre e il mercante furono avvertiti dal latrare dei cani.

In breve tempo la raggiunsero. Ubriachi e inferociti la riempirono di pugni e calci, fino a ucciderla.

Accortisi del delitto commesso, non ebbero esitazioni. Presero il corpo di Adele e lo buttarono nel lago.

La mattina dopo il padre segnalò la scomparsa e, dopo il ritrovamento, finse grande dolore gridando: si è uccisa, si è uccisa.

E questa fu la versione ufficiale della vicenda, anche se per molti anni la voce dell'assassinio circolò nel paese, ma nessuna inchiesta fu avviata e nessuno parlò.

Solo le voci nel muro conoscono la verità su quegli uomini orrendi. E sui loro complici di ieri e di oggi.

Avevo sentito, avevo ascoltato. Ora era sceso un grande silenzio. Fu un'allucinazione o sentii vibrare sotto i piedi il pavimento, e una campana suonare solenne e lontana?

– Ecco, questi sono i due segreti che ti ho svelato – disse la vecchia, e mi puntò contro il dito. – Tu ce n'hai qualcuno?

– Sì, ne ho qualcuno. Vuole che glielo racconti?

– No, raccontalo a qualcuno che ami e che è giovane. Così le voci dureranno de più. E adesso scriverai, scriverai.

– Lo farò – disse il professore.

Il volto della vecchia si illuminò. Poi chinò la testa sul petto e sembrò irrigidirsi, come per un gelo improvviso.

– Ascoltare le voci stanca, – disse – adesso vai. Vienimi a trovà qualche volta.

Ero fuori sulla strada, il cielo si era rabbuiato. C'era odore di fumo, in un casolare vicino qualcuno stava bruciando delle stoppie. Ombra mi venne incontro a testa bassa, come a dire: mi dispiace se non ti ho accompagnato, ma c'è qualcosa qui che mi fa paura. Camminammo fianco a fianco sulla via del ritorno. Ero pieno di pensieri contrastanti. Credere alle voci nel muro, ai deliri di quella vecchia, o ai documenti ufficiali, ai volti tranquilli e impenetrabili della gente di qui? La vecchia Berenice non delira, mi dissi, si esprime molto bene, la sua pazzia, se di pazzia si può parlare, è lucida. E poco alla volta mi tornarono in mente alcuni dubbi che anche io avevo avuto sulla sorte del Catena. I pochi documenti e il silenzio che era sceso intorno a loro, la rapidità dell'inchiesta, la voglia di una vita meno crudele che appariva nei suoi versi.

In quanto alla leggenda, le leggende son tramandate e raccontate tante volte, cambiano. Accanto al fiume della versione principale scorrono mille rivoli, e i rivoli diventano laghi, e dai laghi si va verso il mare. Quanti altri miti e storie che abbiamo perso ci sono intorno all'*Odissea*? Ogni giorno scopriamo qualcosa, e la commedia, o la tragedia, cambia volto.

Quale canzone cantassero le sirene e quale nome assumesse Achille quando si nascose tra le donne, per quanto problemi sconcertanti, non sono al di là di ogni supposizione logica.

I miei pensieri furono interrotti bruscamente da un colpo di clacson alle mie spalle. Era un gigantesco fuoristrada ben conosciuto. Il Torvo abbassò il finestrino e disse:

– Vuole un passaggio, professore?

– No grazie, – risposi un po' burbero – preferisco andare a piedi.

– Be', ci vediamo dopo – disse il Torvo, e partì regalandomi una zaffata di benzina mefitica.

Sei tornato due giorni prima, Ulisse, per esigere il tuo diritto.

Morte al vecchio Antinoo che ha usurpato la tua casa. Potrai di nuovo starle vicino, parlare con lei, litigare, baciarla, scoparla. Prenderai possesso del tuo quadro migliore. E io resterò di nuovo solo. Maledetto tu sia, mercante. Io scriverò di te, sì, anche di te. Stai rubando un pezzo della mia vita. *Maudit l'amour.*

Ascolti le voci nel muro, professore? Sì, e parlo anche con gli animali.

E parlo col mio passato e con la mia parte peggiore. Non voglio ammettere che Michelle ha illuminato la mia solitudine. Ma quando una stanza viene illuminata, mostra anche quello che c'è di vecchio e di misero, e che non vogliamo più. Mi mancherà, come mi manca mio figlio, come spesso mi manca un amico con cui ridere o sfogarmi.

La mia solitudine è dignitosa, la affronto a testa alta, ma se la guardo in faccia mi deride, mi ferisce, fa ritornare tutte le solitudini del passato. È così: ogni solitudine contiene tutte le solitudini vissute.

Continuo a ripetere che non sono innamorato. Ma non è amore desiderare una giornata in più con una persona appena conosciuta, desiderare ardentemente di restare solo con lei, di sentirsi scelto? Non è amore aspettare giorni la telefonata di un figlio, e sentirsi felice solo perché si sente la sua voce, e ricordare tutti i momenti passati insieme?

Ti fa male pensare che sei ancora capace di questo detestabile amore, professore? Forse perché sono momenti brevi. Forse perché alla tua età sai che passano in fretta e arrivano giorni in cui ti svegli con un solo desiderio, quello della morte. Eppure qualcosa di nuovo accade e il fuoco arde, brucia inaspettatamente.

Vorresti la quiete, ma non ce l'hai. Dovrai aspettare, dovrai soffrire. Oppure avrai presto il rifugio di un cuore vuoto, l'anima si spegnerà come una candela, camminerai tra i vivi e le cose vive senza più niente da raccontare. Oppure tu scriverai, tu aspetterai, tu amerai.

Chi può aiutarmi? Chi è tanto vecchio, o giovane, da spiegarmi perché?

In mezzo al prato, improvvisamente la vidi. La capra, con il suo occhio alieno, stava masticando un filo d'erba. D'improvviso alzò la testa e mi fissò.

– Salve, professore. Vedo che ha un bel po' di pensieri – disse con voce nasale.

– Troppi. Ma lei cosa fa da sola, vicino alla strada?

– Quel pazzo del mio padrone ci affumica bruciando erbacce. E poi noi capre sappiamo stare da sole. Sono le pecore che hanno bisogno del gregge... ma riguardo a quello che lei stava rimuginando, avrei un parere.

– La ascolto – dissi.

La barbetta le conferiva un'aria saggia.

– Non sempre sappiamo cosa scriveremo domani, professore.

– Prego?

– Crediamo di sapere cosa scriveremo sulle pagine dei giorni futuri, oppure crediamo addirittura di essere già alla fine del libro... ma c'è sempre una pagina che ci sorprende.

– Cosa sa lei di libri?

– Nulla. Sono appunto ignorante come una capra. Ma rifletta su questo: Poe nella sua poetica asserisce che tutto quello che scrive è prevedibilità matematica, eppure ogni suo racconto è un'invenzione e un delirio inatteso. Borges, il grande letterato che conosce tutte le metafore del mondo, sogna in realtà di poter duellare col coltello nei bassifondi di Buenos Aires. Lui, il sommo bibliotecario, cambierebbe tutti i suoi libri per un giorno da avventuriero, da compadrito. Oscar Wilde fa l'elogio della menzogna e sembra deridere la gente comune, eppure ci darà la ballata del carcere di Reading. Mi sta seguendo?

– Non del tutto...

– E Flaubert elenca e delira davanti ai tesori di Salammbô, ma li cambierà tutti per un pappagallo impagliato. In quanto a Lolita, professore, lei si aspettava che Humbert la amasse fino alla fine? Già donna, consumata precocemente dalla vita? Mi dica.

– Credo di capire – sussurrai. Gli occhi della sibilla barbuta mi fissavano ipnotici.

– Bene. Ma non pensi mai di aver capito tutto. O un giorno potrebbe diventare pazzo e finirebbe a parlare di letteratura con una capra, anzi una coltacapra. Accetti questa sua ultima dubbiosa libertà, mantenga un po' di mistero fino alla fine...

– Amanda, smettila di importunare le persone – gridò una voce da lontano.

– Uffa, – disse Amanda – è quel caprone di mio marito.

12.

Ka mate
Ka ora'.

Da piccolo a Natale aspettavo un regalo
Un pacco dorato, sotto l'abete luminoso
Quando aprii il pacco, non era quello atteso
Lo tirai contro il muro piangente, iroso.

Quanti regali ho rotto, ho respinto
Nella mia vita, dopo quel giorno?
Ora di questi ho rimpianto
Accettare i doni è difficile
Perché sempre ne aspettiamo uno soltanto.

Impara a amare ciò che desideri
Ma anche ciò che gli assomiglia
Sii esigente e sii paziente
È Natale ogni mattino che vivi
Scarta con cura il pacco dei giorni
Ringrazia, ricambia, sorridi.

Due giorni dopo l'incontro con la coltacapra, Michelle era tornata, ma non si era fatta viva. Un mattino grigio, umido, senza cielo. Come l'umore del professore. Si sedette alla scrivania. Lo schermo del computer lo fissava luminoso, pieno di nuvole azzurre, una foto scattata da Martin in un'isola da lui molto amata. Rimpianse di non essere un file, per poter vivere in quel cielo sintetico. Aprì la posta.

Una mail della madre di Umberto, che annunciava un cambio di indirizzo, da una neve a un'altra.

Il teatro francese che annunciava l'inizio di un corso per clown e il rinvio dell'*Amleto* con pinguini.

Una mail di Remorus con le parole *pensami ogni tanto*, e allegato un gigantesco culo di provenienza e sesso ignoto. Che creativo burlone.

E infine almeno una buona notizia. Ai Mondiali di rugby la Nuova Zelanda aveva battuto l'Australia ed era in finale.

Si guastò subito la piccola gioia con un pensiero. Ecco, adesso i neozelandesi stanno festeggiando e io sono qui mesto e solo.

Il professore si fece il caffè e aprì il file dei suoi documenti sul Catena. Erano pochi, ora erano di dominio pubblico, ma lui era stato il primo a leggerli. Li riesaminò pensoso. Ma non riusciva a concentrarsi, il suo sguardo andava alla finestra, cercando di cogliere un'immagine di Michelle. Il fuoristrada nero era parcheggiato sul prato, una fioca luce veniva dalla cucina. Li immaginò ancora addormentati, la mano di lei sul petto di lui. Una rabbia assurda lo invase. Maledetto l'amore, che da queste stanze è escluso. Decise di fare un giro in macchina.

Al bivio prese la direzione opposta alla città, la strada si impennava in curve ripide verso il passo di Monte Sirbone, a più di mille metri. Nel vapore del mattino vedeva alberi color vino bianco o rosso o rosato, e prati verdissimi. Vide alcuni cavalli trottare e nitrire scrollando la testa, come fossero spaventati.

E di colpo due grossi cinghiali gli attraversarono la strada di gran corsa, e dovette frenare bruscamente.

Scese e capì. Dalle colline sottostanti venivano urla e latrati di cani. Poi echi di fucilate. Era in corso una battuta di caccia. La natura e l'uomo erano in guerra. Per un giorno, forse l'uomo avrebbe creduto di vincere.

Anche gli uccelli erano spaventati, un volo di gazze controvento punteggiò il cielo. Il professore sentì un rumore alle sue spalle e si voltò. Sul prato c'era una mucca monumentale, pezzata. Si udirono altri colpi di fucile, ma lei non si scompose.

– Un altro che è volato in cielo – disse il bovino con voce di contralto.

– Odio la caccia, – disse il professore – quaranta uomini e cani contro uno, non è leale.

– Lei è vegetariano?

– No – disse il professore. Non poteva mentire a una signora.

– Allora si risparmi l'ipocrisia. Anche a me un giorno spareranno in testa. Per non farmi soffrire, dicono.

– Mangio perlopiù carne bianca. Pollo... lo compro al negozio...

– Quindi si risparmia anche la fatica di cacciare. O fa delle battute, dieci uomini contro una gallina?

Il professore non seppe cosa replicare. Altri latrati, altri colpi.

– Lei sa che mi danno la birra perché la mia carne diventi più buona?

– Davvero?

– E mi fanno ascoltare musica.

– Che tipo di musica?

– Credo un certo Mozart. Lo conosce?

– Sì, abbastanza.

– È vegetariano?

– Non lo so. So solo che era goloso di dolci.

– E mi dica, qual è la parte di me che preferisce? Non si preoccupi, non sono una femmina umana, può anche non dire “l’intelligenza”.

– Direi in tutta sincerità che mi piacciono le polpette, ma non so con quali sue parti sono fatte.

– Le polpette sono un misto di animali e materiali vari, difficile stabilirlo. E dica, la bistecca le piace al sangue o ben cotta?

– Ma lei è proprio masochista.

– Non so cosa vuol dire – disse la mucca scuotendo il testone.

– Vuol dire che lei gode nel soffrire. La parola viene da un romanziere, Von Sacher-Masoch.

– Quello della torta?

– No, un altro.

– Era vegetariano?

– Sì. Gli piaceva la carne, quindi godeva a non mangiarla.

– Capisco. Lei mi sembra triste.

– Lo sono. Mi sento solo.

– Mi sento sola anche io. Avevo due amiche ma le hanno portate via un mese fa, adesso saranno già digerite.

– Magari le hanno solo portate in un altro pascolo.

– No. Noi presentiamo la fine. Vuole che le dica cosa succede quando ci portano al macello?

– Preferirei di no.

– Niente di tragico, come lei pensa. Noi non ci disperiamo, sappiamo che il salto nel Grande Pascolo prima o poi arriva. Allora cantiamo.

– Cantate?

– Sì. Vuole sentire qualcosa?

Quelli erano i giorni della nostra vita, cantava Freddie Mercury nell'autoradio. Il professore salì fino al passo. Da lì si vedeva tutta la catena di montagne e colline, leviatani verdi che correvano fianco a fianco. Come un'isola fatata, sopra un mare lattiginoso di nuvole basse, spiccava un piccolo paese con una torre, aggrappato alla cima di un monte.

In quella torre, pensò il professore, vive certamente una principessa, che guarda quel mare bianco e aspetta un principe che la salvi, un pirata che la rapisca, una solitudine che la invecchi.

Il sole era già alto e lo abbagliava, mentre guidava. Pensò di chiamare Umberto, poi gli venne in mente che dormiva, in ossequio al fuso orario. Fermò nuovamente la macchina, altri spari risuonarono, gli parve che fossero contro di lui, senza scampo. Settant'anni contro uno. Maledetta la vecchiaia e i suoi artigli. Si raggomitolò sul sedile e pianse. Non molto, qualche lacrima. Lacrime di vecchio, quindi non importanti, che nessuno avrebbe asciugato.

Tirò un sospirone e si disse:

– Non buttarti giù così. Puoi sempre vederla, anche con lui. Ma sì, non sarà come vederla da sola, ma magari ci sarà complicità, sarà il Torvo a fare il terzo, il Pierrot. Li inviterò a cena, sì, il pollo ce l'ho, la birra anche, e i pomodori per l'insalata. Cucinare mi rasserenerà. Torniamo.

Così fece. Mentre il pollo sobbolliva insieme alla birra e un buon odore si diffondeva per la casa, sentì la voce irosa di lui, quasi un grido, un latrato di cane inferocito. Poi quella di lei. Litigavano con furia, gli parve di sentire anche rumore di qualcosa che si rompeva. Non capiva le parole, ma lo scontro era rabbioso. Infine lei uscì di casa sbattendo la porta, salì in macchina, se ne andò.

Una cena intima tra lui e il Torvo? Ma proprio no.

Mangiò più di mezzo pollo da solo, dividendo ogni boccone con Ombra, stupito di tanta abbondanza.
Si sdraiò sul letto e dormì, di un sonno pesante e senza sogni, come non gli accadeva da tempo nel pomeriggio.
Quando si svegliò pioveva. Il fuoristrada era tornato. Ma il pollo era un cadavere spolpato, e ogni speranza di una piacevole cena svanita.
Si rimise al computer, con una disperata tenacia.
Allora entrò il Torvo.

Era vistosamente ubriaco, barcollava, i capelli erano incollati alla fronte, sembrava che avesse camminato a lungo nella pioggia. Crollò sul divano e disse:
– Lo so che disturbo professore, ma se non parlo con qualcuno mi ammazzo. O ammazzo Michelle.

Sono cose molto diverse, pensò il professore, dovrebbe avere le idee più chiare sul suo progetto. Ma non infierì.

– Non mi disturba affatto. Ho sentito il concerto del vostro litigio.
Il Torvo si passò una mano sulla bocca.
– Ha qualcosa da bere? Vino magari?
– Solo un bicchiere però. Mi sembra che lei abbia già esagerato, oggi.
Il Torvo si scolò il bicchiere. La sua mano tremava. L'orecchino brillava patetico, riflesso dal vetro. Al professore fece nuovamente pena. Ma un certo tipo di pena è come un diciotto per uno che non ha studiato, diceva Marras.
– Stavolta è proprio finita – disse il Torvo. – Michelle prova solo odio, mi getta addosso insulti e disprezzo. Non capisco perché. Certo, io bevo, ma non ho mai perso la testa. Va be', una volta le ho mollato un ceffone, ma niente di più.
– Dice la verità?

– No – disse il Torvo. – Oggi l'ho picchiata. Non forte, ma le ho dato un pugno. Non volevo, non volevo. Stavolta non posso rimediare. Me ne vado da qui. Tornerò in città, cercherò di riprendere il lavoro, il mio lavoro di merda.

Il professore non udì la fanfara del Finalmente Mia. La immaginò colpita, piangente. Immaginò il dolore di lei lontanissimo. In quanto al dolore di lui, era come l'eco dei suoi dolori passati, dei suoi rimorsi. "Non volevo, non volevo", lo aveva detto anche lui, il benevolo, mite professor Martin. Non aveva mai picchiato una donna. Ma quante avevano sofferto per la sua tagliente lama di indifferenza? Cercò di tornare al presente.

– È orrendo diventare violenti. Quando succede, forse è meglio separarsi. Un mese, un anno, chissà.

– No, – disse il Torvo, guardando il bicchiere vuoto e poi il professore, con aria di supplica – stavolta è finita, la conosco bene. Tutto questo potrei anche accettarlo. Quello che mi uccide è il pensiero di tornare indietro. I miei quadri non vendono. La galleria non fa mostre da sei mesi, non ho un'idea, tutto in me è confuso, spento. Avessi almeno un progetto, qualcosa a cui pensare, in cui sperare...

Il professore gli versò un altro bicchiere di vino. Restarono in silenzio per un po'. Il Torvo singhiozzava piano, al ritmo della pendola.

– Aspetti qui – disse il professore.

– Mi va a prendere una pistola? – disse il Torvo, con una risata da ubriaco.

– Aspetti qui e non dica cazzate – disse secco il professore. Uscì dalla stanza, aprì il baule in camera da letto. Tornò portando in mano un oggetto avvolto in carta da pacchi, lo mise in mano al Torvo.

– È un libro?

– No. Lo scarti.

Il Torvo, sempre con quel tremito alle mani, scartò e guardò. Era un disegno fatto con l'inchiostro, in una piccola cornice. Un autoritratto. Una mano non espertissima, ma di una espressività e una forza unica. Un cranio rasato a zero, una faccia scarna, barbuta, e due occhi da animale ferito che sembravano incendiare il foglio. Sotto, una scritta in lettere piccolissime, danzanti.

– È quello... che penso? – disse il Torvo.

– È un autoritratto del Catena, il solo disegno che esista, l'ho trovato e l'ho incorniciato. Era nascosto dentro un grosso quaderno, tra due fogli appiccicati. Il Catena riempiva quaderni di misteriosi minuscoli numeri, ne sono stati trovati due, scriveva anche numeri sui muri, metri e metri di cifre. Un geroglifico di poesie misteriose che non conosceremo mai, oltre le ventidue che conosciamo, nel terzo quaderno ritrovato.

– Lo sa solo lei?

– Sì. L'ho rubato mentre consultavo i documenti, nell'archivio della biblioteca. Ora anche lei conosce un mio segreto.

Il Torvo si accese in volto, di colpo sembrò un altro animale, curioso e combattivo.

– È sicuro che sia vero?

– Sicurissimo. Se lei lo toglie dalla cornice, sul retro c'è una scritta che è come la sua firma.

Guardate gente, Catena son chiamato
Al mio sguardo furioso incatenato.

Il professore si divertì, come un esperto psicologo, a guardare i gesti increduli, febbrili, con cui il Torvo esaminava il disegno.

– Allora... me lo vende?

– No, – disse il professore – glielo regalo. Sarà un boccone ghiotto per tutti i critici d'arte. I giornali ne parleranno. Se lei sa come gestire l'evento, intorno a questo autoritratto potrà allestire ogni mostra che vuole, autoritratti, pittori naïf, disegni di alienati mentali dell'Ottocento, impressionisti paranoici. Quello che le viene in testa. La sua galleria si riempirà, lei riprenderà a lavorare. Poco male se metà dei suoi nuovi frequentatori saranno dei cretini, poco importa se i critici si azzufferanno, poco importa se è solo un disegno, e vedranno solo quello, non la vita di dolore che ha guidato quella mano. In cambio le chiedo una sola cosa. Non dica mai, le ripeto mai, che il Catena si è ucciso. Dica: è morto in circostanze misteriose.

– Perché fa questo per me, professore? – disse il Torvo.

– Perché è meglio che questo ritratto viva in mezzo a un turbinio di chiacchiere che abbandonato in un baule. Perché tra cento anni le poesie del Catena vivranno ancora e delle chiacchiere resterà ben poco. Perché alla sua età qualcuno mi aiutò e non l'ho mai dimenticato. Perché lei mi fa pena, ed è un sentimento che non desidero più. E altre cose, che non le dico. Adesso vada.

Il Torvo si alzò in piedi. Teneva il disegno sul petto, come uno scolaretto con un tema che non sa se consegnare o meno.

– Io... non so come ringraziarla, professore.

– Non mi deve ringraziare. Vada, le ho detto.

Il Torvo annuì. Poi sulla porta si voltò e guardò il professore con sguardo lucido. Poi disse:

– Non si innamori di lei, professore.

– Come ha detto?

– Non si innamori di Michelle. Le porterà solo dolore.

– Se ne vada, – disse il professore con rabbia – e non dica assurdità. Accetti il dono senza attribuirmi fini o intenti che non ho.

– Mi scusi – disse il Torvo, e di corsa scese i gradini, verso la casa azzurra.

Quella notte, il professore era ancora sveglio, all'una passata. (Musica all'Umbertofono: *Sorrow* di David Bowie.) Un fremito tra le foglie, e due occhi gialli lo fissarono.

– Sveglio, Martin?

– Sì.

– Per forza, professore, ha dormito tutto il pomeriggio. Comunque ha fatto bene.

– A dormire il pomeriggio?

– No, a dare il suo disegno a quel barbagianni. Basta coi segreti.

– Già, basta.

– E se ne ha ancora uno, se ne liberi. Non si vola, se si ha qualcosa di troppo pesante tra gli artigli.

– Grazie del consiglio – disse il professore.

Il gufo volò via, grande come un drago, nel cielo scuro.

13.

Ka mate, ka mate
Ka ora', ka ora'
Tenei te tangata puhuruhuru
Nana i tiki mai whakawhiti te ra

È la morte, è la morte
È la vita, è la vita.
Il giocoliere lancia i cerchi e le clave
Mangiafuoco sputa una cometa
Strizza l'occhio la donna cannone
Danza sulle punte il vecchio cane
Il cacciatore per oggi si accontenta
Di papere di cartone.

Tutti sono più leggeri oggi
Nascosti in una nuvola di zucchero
L'imbonitore legge i numeri
I giocatori stan col fiato sospeso
Le montagne russe lanciano
Giovani cuori impauriti in cielo.

Sa bene il nero guerriero
Che il pallone non è sempre tondo
Cyrano di bianco vestito
Si prepara all'ultimo affondo
Le sirene son pronte a tuffarsi
Nel campionato del mondo
Achille nell'angolo
Mostra i guantoni e minaccia
Ettore è in svantaggio ai punti

Ma bisogna salvare la faccia.

In amore facciamo a gara
Ogni slealtà è consentita
Il nostro cuore è un atleta
Batte, ribatte, rimbalza
Di noi assai più veloce
La bella ci supera scalza.

Il corpo si è svegliato, e stasera
Anche i pensieri son lieti
Dice la primavera severa:
Benedetto l'amour/ senza divieti
Non date retta ai preti
Perché il peggiore peccato
È inventare peccati.

> *"Cedano addonca tutte baronesse,*
> *la marchesa e la figlia de lo duca,*
> *e quanta songo cchiù gran prencepesse:*
> *nulla de loro sarrà maie che luca*
> *de le vostre bellizze vaiassesche..."*

La notte aveva piovuto, con lampi e tuoni. Ma ora c'era il sole, e il cielo era azzurro spavaldo, limpidissimo. I colori dell'autunno erano scintillanti, ogni albero sembrava ideato da un pittore diverso.

L'edera del casolare era laccata di verde e rosso. I calabroni rumoreggiavano in un mielato delirio.

Uscii di casa con la tazza del caffè fumante in una mano e il dattiloscritto di Michelle nell'altra e mi sedetti sul divanetto di vimini umido, poco male se mi bagnavo il culo.

Iniziai a leggere e ad annotare a margine con una matita. Lo facevo con scrupolo, ma anche con una speranza. Speravo che Lei mi vedesse, dalla casa azzurra, e arrivasse.

Un uccellino grigio e giallo arrivò e si mise a bere a una pozzanghera. Cantò. Forse una buona notizia?

E dalla casa azzurra uscì Michelle, con un giaccone di cuoio nero sopra la solita tuta. Mi vide e salì i gradini, quasi di corsa.

Mi salutò con un buffo infantile inchino. Gli occhi erano stanchi, i capelli erano una scarmigliata cascata di oro fuso, le coprivano in parte il viso, ma non nascondevano un livido sullo zigomo.

Si sedette per terra, di fianco a me, in leggiadra posizione yoga.

– Ho lasciato Aldo, – disse subito con voce sicura – stavolta per davvero. Ieri l'ho visto ubriaco e violento, lo è stato altre volte ma mai così. Ci vorrà del tempo per dimenticare questi sei anni, ma mi sento libera, finalmente libera.

– Non occorre che lei dimentichi tutti i sei anni – dissi. – Conservi il ricordo di quelli migliori, e butti via il resto.

– Non riesco a vedere altro che la mia rabbia. E la sua. Stamattina se n'è andato lasciandomi un biglietto. Ho letto solo le prime tre righe, erano insulti. L'ho buttato via. Spero che qualcuno gli spacchi la faccia, prima o poi.

– Lasci a lui il rovello della vendetta. E pensi alla sua libertà.

– Ha letto il mio testo? – chiese lei.

– La metà.

Lei mi posò una mano sul ginocchio, implorante.

– No, non mi dica niente adesso, parli solo quando avrà letto tutto. Adesso dobbiamo organizzarci. Oggi la porterò alla Sagra del cavalier Incerto.

Io, che avrei risposto “neanche per sogno” a qualsiasi altro essere vivente, risposi con garbo:

– In effetti è un po’ che non vedo questa festa di paese. Non si aspetti granché.

– Ma con lei ogni cosa è divertente, – disse la Principessa del Grano alzandosi in piedi – la visiteremo tutta e poi lei ballerà con me.

Ahia, pensai, ricordando la mia sciatalgia.

– Non mi dica di no, – disse Michelle – sono convinta che lei è un gran ballerino.

– Oh, – mi schermii – solo qualche valzer. L’ultima volta, tanti anni fa, alla festa di fine anno dell’Università.

– Immagino che le sue allieve abbiano fatto la fila...

– Per la verità più che con le allieve ho ballato con le mie coetanee, e ci siamo pestati i calli vicendevolmente.

– Non mi incanta, professore, – disse lei, legandosi i capelli con un elastico e accennando un passo di danza – io so bene che lei è stato un gran tombeur de femmes.

– Cosa glielo fa pensare? – dissi fingendomi schivo.

– Non un uccellino. Se le dicessi che il suo amico Remorus è amico del mio ex fidanzato, cosa direbbe?

– Che Remorus è infrequentabile come amico, inattendibile come studioso e imbattibile come bugiardo.

– Ma insomma, alla sagra ci viene o no?

– Certo che ci vengo. Anche in Nuova Zelanda, se mi invita. Non mi guardi attonita, le spiegherò tutto durante i festeggiamenti e le danze, mademoiselle.

– Così mi piace – disse Michelle.

– Il vecchio arciduca Martin e la Principessa del Grano – annunciò uno squillo di trombe

Martin e Michelle lasciarono la Dyane abbastanza lontano dalla piazza di Borgocornio, tutta la strada era zeppa di auto parcheggiate nei modi più strambi, non si trovava un buco, finché non videro la scritta esterofila PARKING e si infilarono in un enorme prato e in un dedalo di auto varie, fino a trovare posto in fondo.

– Accidenti, quanta gente – disse Michelle.

– Vengono da tutta la regione, – disse il professore – per tre giorni questo è Bourg des Cornioles. Gemellata con Horby, naturalmente.

Camminarono a lungo. Insieme a loro marciava tutta una processione di mamme e babbi che governavano piccole fate, mini-armigeri con spade di cartone, principessine che inciampavano nel tulle, aspiranti condottieri con elmi di latta. E poi giovani con grandi bandiere, fanciulle vestite da antiche popolane, Ivanhoe brufolosi con iPodi e iFoni, e Ginevre che sacramentavano al cellulare.

L'entrata a Borgocornio fu stupefacente. Una nube di sudore suino, salsicciotti e altro saliva al cielo, tra lampi di zucchero filato e tuonare di imbonitori. C'erano bancarelle con dolci di tutti i tipi, dal biologico allo schiantapancreas, vendita di armi antiche rifatte e imitate: armature, spade, mazze, durlindane e balestre. C'era anche l'erboristeria del convento locale, con un fratone barbuto e silenzioso. Liuti e torroni, alabarde e ciambelloni, modernerie e squisitezze d'antiquariato. Un cinese eteroclito vendeva tutto a un euro. Poi c'era lo stand turistico regionale, con due miss rubizze in costume valligiano. Una frequentatissima tombola tra i cui premi il professore cercò invano il coniglione di peluche della sua infanzia. Primo premio una bicicletta a motore, nientemeno.

Michelle era entusiasta, saltava da un posto all'altro e il professore faticava a seguirla in mezzo alla calca.

– Sembra la festa della domenica della mia infanzia, in Francia – diceva allegra. – La prego, cerchiamo lo zucchero filato, è da tanto che non ne mangio.

Trovarono l'apposito artigiano e si misero in fila dietro a una processione di paggetti. Poco dopo il viso di Michelle sparì dietro al bianco dolciume. Metà le si spalmò sui capelli.

– Sembri la principessa della neve – disse Martin.

– Professore, – disse lei – tu mi hai dato del tu.

– Be', – disse il professore in tono drammatico – ora è tardi per tornare indietro.

– Bene Martin, adesso tu e io cerchiamo la tombola. Voglio giocare.

– Va bene. Ma stai attenta, qui vince quasi sempre la nonna del banditore.

Il che avvenne, a parer del professore. Ma Michelle azzeccò un ambo, tre chili di patate.

– Li porto io, – disse il professore, e capì subito dopo di aver chiesto troppo al suo fisico.

Presero un bicchiere di sangrilla, anzi Michelle ne prese due.

Stavano per farsi del male con due ciambellotti fritti in olio medioevale, quando il professore sentì qualcuno battergli sulla spalla.

Si voltò e vide Bollini, già ben zavorrato di vino, vestito da falconiere con un falcone di plastica che gli pendeva inerte sulla spalla.

– Per Iddio professore, che sorpresa, che onore. È sua figlia? – E indicò Michelle.

– Un'amica – rispose Michelle, dandogli la mano.

– Complimenti professore, che bella amica, – (sottotitolato, *che gnocca*) disse Bollini – ma cosa fate costì in mezzo alla gente?

– Be'... facciamo quello che fanno tutti...

– No! Il vostro posto non è qui! – gridò Bollini prendendolo sottobraccio con la grazia di un buttafuori da discoteca. – Adesso c'è la sfilata, da qui non se vede niente, dovete venì nel parterre dei vip.

Il professore rantolò. Già la parola parterre in quel contesto gli pareva incongrua. E vip era forse la parola che odiava di più al mondo. Ma Michelle gli lanciò un'occhiata divertita mentre Bollini lo trascinava implacabile verso una tribuna di tubi, dove lo scagliò su una scomoda sedia.

– Da qui se vede bene. Questo sì che è un posto per voi due. Torno subito, vado a salutà un amico.

– Rosso o bianco?

Bollini capì la battuta e se ne andò minacciando burlescamente con un dito, con falcone sintetico annesso.

A questo punto era fatta. Il professore guardò prima Michelle che rideva, poi la piazza sottostante e animatissima, infine i vip presenti. I vip, a loro volta, guardavano con avida curiosità Ciuffobianco e una Bionda Sconosciuta, forse proveniente dal paese gemellato.

– Ci stanno guardando tutti, Martin – disse Michelle. – Dai, non fare quella faccia scontrosa, divertiamoci.

– Proviamoci – disse il professore.

– Chi sono questi vip? – chiese lei.

L'elenco dei gentiluomini e delle gentildonne

Vi dirò sol di quei che ben conosco.

Il professore, Michelle e le patate erano seduti defilati, all'estrema sinistra per chi guarda.

Al centro della tribuna troneggiava un uomo in giacca blu governativa, con i capelli tinti di un colore marron scuro indescrivibile. Era Meliconi, il più ricco mercante, il grande industriale del paese. Possedeva uno spendodromo, varie schiere di villette abusive e un'industria di pellami i cui liquami scaricava a turno nei fiumi circostanti e anche nel laghetto celeste. Aveva accumulato vari processi per evasione fiscale, peculato e bancarotta, ma continuava a patteggiare e fatturare in nero. Incallito puttaniere, amava passare le vacanze in lettonie e estonie, in alberghi di lusso.

Era insomma un uomo di grandi difetti e virtù.

I difetti erano quelli sopraelencati.

La virtù era una sola: obbediva diligentemente agli esempi e agli ordini del Re e dei suoi Valvassori.

Vicino a lui la moglie siberiana, con colbacco e occhiali neri, e una sigaretta col bocchino.

Poi c'era il sindaco Bicchi, eletto in quanto veterinario e benvisto dal Politburo. Era un ometto con gli occhi a palla e capelli rossi sparati in alto, dritti come aghi. Al professore fece venire in mente un personaggio dei Muppets che si chiamava Beaker. Lo disse a Michelle che rise, e chiese chi era l'orribile Tinto.

Martin ebbe un'intuizione. Ricordò i prodotti che generosamente Ombra elargiva nelle vicinanze dei suoi gradini. Ecco, quella era la sfumatura di marrone. Merda di cane. E da quel momento Meliconi fu, per lui e Michelle, il Tinto Merdecani.

Ma c'era di più su quella tribunetta traballante. C'erano il parroco don Vito, già semidormiente, alcuni albergatori e l'assessore al Turismo Vanini Wanda, l'unica persona stimabile fino a quel momento, pensò il professore. E il proprietario del Bully, Nuccio, con due giovani compari.

Poi tal Maroncini, gloria dello sport locale, ex calciatore di serie B e attualmente allenatore della Borgocorniolese, tre vittorie e sei sconfitte, ahimè, nel girone regionale.

C'era Bollini con la polputa moglie inguainata in un abito

firmato che stava per esplodere. C'era il preside dell'unica scuola del circondario, il temuto Amadori, che aveva già bloccato il professore con terribili logorroici monologhi, e che lo salutò da lontano.

Poi alcuni sconosciuti. Tutti guardavano verso il lato del campanile, dove erano radunati i vigili urbani e un operatore con telecamera, e da dove stava per arrivare il vero vip, il Padre di tutti i vip. Qualcuno si era alzato addirittura in piedi per vedere meglio.

E arrivò. Su un'auto nera scortata da due centauri. Scese in tutto il suo metro e cinquantasei di possanza. Come tutti i grandi imperatori che collocavano in alto il loro trono, anche il reuccio di turno preferiva guardare dall'alto i suoi sudditi, il che non era sempre possibile, ma con Biondello sì. Ora l'imperatore era stato sostituito da un sofisticato sistema di computer interbancari, quindi ogni forma di servilismo doveva essere aggiornata e modernizzata, da puttanieri a informatici.

Ma nulla spaventava il ministro Biondello (anche lui uomo di molti difetti e virtù). Nato in paese attiguo a Borgocornio, si era fatto onore. Già sei avvisi di garanzia in una sola legislatura, abuso di atti di ufficio, concorso in associazione mafiosa, peculato eccetera. Ogni volta, schivata la pena, ripartiva per un nuovo appetitoso reato. Era famoso per la frase "Sveltiamo la pratica", che voleva dire concedere permessi edilizi in cambio di inevitabili tangenti. Il capolavoro di Biondello e dei suoi protetti era un tunnel di tre chilometri costruito con i soldi dei contribuenti in un luogo deserto dove non c'era, e forse mai ci sarebbe stata, alcuna strada. Ora giaceva come un colossale serpente di cemento, in mezzo alla campagna, ed era detto appunto Galleria Biondello.

Il prossimo progetto era una diga in un posto ove non vi fosse acqua.

Era passato attraverso tre partiti, con grazia da equilibrista, ma adesso la situazione era indecisa e fluttuante come gli indici di Borsa, quindi gli sembrava conveniente frequentare luoghi insoliti, economisti e sindaci quasidisinistra.

Rilasciò una breve dichiarazione alla tivì locale, poi salì trionfalmente la scala, salutato dal primo colpo di piatti della banda. Si sedette equanime tra Merdecani e Bicchi. Ma il primo a cui strinse la mano fu Nuccio. Si capì allora perché il Bully veniva regolarmente riaperto. Mentre Bicchi fremeva di emozione, Merdecani disse qualcosa all'orecchio di Biondello, e tutti e due guardarono il professore e Michelle, con un risolino sardonico.

Il professore si sentì immensamente a disagio. Ma c'era Nasten'ka al suo fianco, con tutta la sua arguzia.

– Tieni duro, Martin. È solo un'ora, poi ti compro il torrone.

– Non mi piace la nobiltà di San Pietroburgo – rispose burbero Martin.

La sfilata iniziò. Prima la banda, che eseguì un inno che poteva essere sia quello di Mameli che quello della Nuova Zelanda. Poi una versione live dell'ouverture del *Guglielmo Tell* e fu un po' meglio.

Seguirono gli sbandieratori, assai bravi, e i vessilli volavano in aria con i loro sgargianti e diversi colori. Anche adesso siamo divisi da bandiere, pensò il professore. Ma non sventolano più, giacciono inerti in una mefitica bonaccia.

Seguirono i falconieri, i balestrieri e i cavalieri e le dame.

Poi il primo dei tre carri, montati su un trattore sponsor.

Un Bacco ignudo, somigliante a Remorus, su una botte del vino rosso locale, e intorno sei sirenette in calzamaglia, *mainte à l'envers*, e alcune sovrappeso. Ebbe molti applausi.

Il secondo, un grosso cinghiale di cartapesta trafitto da frecce, ognuna delle quali recava il nome di una congrega di cacciatori. Ebbe applausi ancor più scroscianti.

Poi l'intervallo. Una fatina e un mago di sette anni che avevano perso il posto nella sfilata e camminavano un po' spauriti in mezzo alla strada.

Il professore applaudì.

Ed ecco il carro principe. Dentro a un castello merlato, su due troni barcollanti stavano il cavalier Incerto, impersonato da Giorgione Marlon, biondo figlio di Vanini Wanda, e la moglie Calpurnia, ovvero l'Isolina dell'autostop.

Salutavano, lui mostrando un grosso incongruo orologio al polso, lei con i guanti bianchi. La folla applaudiva entusiasta.

Quando passarono davanti al palco, salutarono le autorità. Isolina ebbe un moto di sorpresa e, in modo inequivocabile, lanciò un bacio verso il professore.

Non solo la tribuna vip, ma almeno trecento borgocorniolesi inchiodarono lo sguardo su Martin e Michelle. E sulle patate, naturalmente.

– Questa me la dovrai spiegare – disse Michelle, con una risata.

14.

La mazurca è per tutti
Lo slow è per stare vicini
Il rock è per quelli
Che partiranno per la guerra
Il tango è criminale
Ma il valzer è speciale
Devi saper volare.

Por una cabeza, Migliavacca
Glenn Miller, Elvis e Jeff,
Buscaglione e De André
Samba mambo e olé
La tammorra la pizzica
La mozzica l'halligalli
Ce n'è per tutti i gusti
E per pestarsi i calli
Ma il valzer è speciale
Devi saper volare.

La banda e l'orchestra
Un oud nel deserto
Un blues in una calda notte
I tasti pazzi di Monk e il sublime
Tormento di Michelangeli
Un semplice mandolino
Una Gibson d'oro zecchino
Un violino costoso e raro
Un'orchestra sinfonica
Ma per il valzer, sia chiaro
Basta una fisarmonica.

Io che non ballo bene
Tu che piroette disegni
Il bambino che sa ballare
Senza che nessuno glielo insegni
I vecchi che scivolano
Leggeri, con un filo di fiato
E anche per te, che invito
Il valzer è speciale
Devi saper volare.

Michelle si scolò una terza e una quarta sangrilla e il suo pallore si tramutò in un bellissimo rosato. Il professore bestemmiava internamente per il peso delle patate. Ma nessuna scusa era rimasta. Era venuto il momento di ballare.

La sagra aveva due piste. Una per i giovani, un prato con luci stroboscopiche e musica tun-za tun-za tun-za a tutto volume. La gioventù locale, già abbondantemente infervorata da sangrilla, birra ed erbette, stava impazzando. Molti ballavano, nessuno parlava, perché la musica era a un volume impressionante. Qualcuno stava seduto sull'erba, qualcun altro sbraitava invano a un telefonino. Due quindicenni in minigonna, malgrado il clima autunnale, passarono davanti al professore e Michelle e si diedero di gomito.

– Siamo già popolari – disse Michelle.

– Posso spiegarti tutto, – disse il professore urlando – trattasi di ragazza che faceva l'autostop.

– Non so se crederti. Vuoi ballare?

– Come? Parla più forte.

– Vuoi lanciarti nella danza moderna?

– Michelle, abbi pietà di me, della mia età e delle patate a carico. Ma balla tu, se vuoi.

Michelle si lanciò, ovviamente era danzatrice e le bastò un

minuto per inchiodare lo sguardo di ragazzi ingrifati e ragazze invidiose.

Brutti pipparoli e zoccolette, pensò il professore, occhi bassi, non guardate troppo la mia Nasten'ka.

Di fianco al professore c'erano alcuni giovani autoctoni, ognuno con un bicchiere di carta in mano e una sigaretta nell'altra. Iniziarono a parlare di Michelle usando termini che non si riferivano all'interezza della sua anatomia, ma a singole parti. Il professore stava per redarguirli e bombardarli di tuberi, quando Michelle lasciò la pista, con gran sollievo delle giovani e delusione dei maschietti. Sudata, con i capelli in bionda anarchia, gli occhi blu splendenti per l'effetto della sangrilla, prese il professore sottobraccio e disse:

– Adesso basta. Tocca a te.

L'altra pista era evidentemente per tutti. Nel grande prato erano state disposte in girotondo decine di sedie e tavolini. In alcune file si erano già accomodate, in gruppi multipli di tre, le vecchie paesane.

Gran andare e venire di coppie di ogni età. Rutti e richiami nell'aria, e scariche di schiaffoni a schiantar *moscerini*, e un gran odore di Autan dai previdenti e di fritto dalla vicina bancarella di ciambellotti. Molti in fila al chioschetto bar, dove una testa di porchetta sorrideva invitante, al fianco di una vasca da bagno di sangrilla.

A un tavolo una banda di ambosessi ubriachi festeggiava tale Nando, vincitore della bicicletta elettrica. A un altro quattro ottantenni giocavano a carte, indifferenti a tutto il casino. Due Marlons costituivano il servizio d'ordine. Il professore ricordò di aver appreso che i Marlons erano di sinistra, mentre i Falconi, dall'altra parte della valle, cavalcavano moto giapponesi ed erano di destra. Continuava a arrivare gente, anche qualche turista curioso con macchina fotografica e due vigili baffuti. In pista i bimbi già ballavano in tutta libertà al suono di un roco altoparlante.

Su un palchetto con la scritta dello sponsor Trattori Marchi, si stava sistemando l'orchestra Settenotte. La cantante intonava "prova microfono" e si cercava di far stare i sette musicanti in uno spazio che ne conteneva a malapena tre. Ma i Settenotte erano da anni in turnè, e a cucci e spintoni si sistemarono.

Il professore capì che appena l'orchestra avrebbe iniziato a suonare, si sarebbe scatenato l'inferno. Quindi si impadronì di due sedie e si posizionò verso il fondo. Purtroppo non si era accorto che proprio dietro a lui e Michelle c'era un tavolo con il preside Amadori, la di lui consorte e il parroco don Vito, impegnato a convertire un panino con la porchetta. Poco più in là Bollini giaceva ormai in coma etilico, col falcone inerte sul petto.

– Si segga, si segga professore – disse Amadori, con paterna sollecitudine e preoccupazione, che faceva supporre che delle sedie si potessero fare altri usi, ad esempio tenerle in equilibrio sul naso.

Il professore salutò con un grugnito e gli voltò le spalle.

– Martin, sei davvero un orso – lo redarguì Michelle.

– Se non vuoi un'ora di lezione su Omero con amare considerazioni sull'Italia e sui giovani di oggi, non voltarti.

– Uffa, – disse Michelle puntando i piedi – quando cominciano?

Nasten'ka, non vedi che l'orchestra d'archi di San Pietroburgo sta accordando gli strumenti? Non vedi che la sala dei mille lampadari è pronta per te, per illuminare la tua bellezza, e presto sarai una farfalla leggera, in mezzo alla nobiltà danzante? E io che farò? Io che vengo dai Tristi Tempi del Twist, io che ho i capelli di neve e una sciatalgia diffusa, e anche una fitta al fianco, dovuta non al peso delle patate, ma a un vecchio duello col conte Ombrovič...

I Settenotte erano quasi pronti al concerto. La loro divisa era: pantaloni neri, camicia bianca con colletto a punta e gilè rosso con paillette. Molti lavaggi avevano ridotto i gilè della metà, e sembravano costumi da bagno infilati per la testa. Ma pazienza, erano i Settenotte e tanto bastava.

I sette erano:

uno, un batterista con mezza batteria, spiritato e con un naso tanto lungo che forse ci avrebbe suonato i piatti;

due, il basso, che era basso anche di statura, con una ghigna brufolosa e capelli a coda di cavallo, evidentemente un rockettaro ingaggiato e versatile;

tre, il fisarmonicista, seduto, vecchio e dignitoso come un capo indiano, le mani già sulle tastiere della leggendaria Dallapé;

quattro, il pianista di tastiera Yamaha, pelato e strabevuto, con l'aria di uno che sta per crollare da un momento all'altro;

cinque, il chitarrista in cui il professore riconobbe nientemeno che Armando Elvis, idraulico del paese, un bel ragazzone dalle mani gigantesche per improbabili accordi, dai lavandini otturati allo spietato mondo dello show;

sei, la cantante, Katia, minigonna e gambe generosamente scoperte, dalla coscia fino ai polpacci considerevoli;

sette, il presentatore-sassofonista-corista Fabiano, forse marito di Katia, o comunque boss del gruppo, che finalmente disse "cominciamo tra un minuto" con un urlo microfonato, come annunciasse un evento cosmico.

E l'evento ci fu. Un gran botto, e l'illuminazione se ne andò, accompagnata da un oooooh di tutti. Ma niente paura: l'elettricista addetto all'impianto era Scheggia, e in mezzo minuto la luce tornò, accolta da un applauso.

E iniziarono con una mazurca.

Il batterista andava a un tempo tutto suo, un sette noni o qualche aritmia cardiaca, il basso aveva il mi stonato, il pianista cercava invano di trarre dal suo strumento un suono udibile, sovrastato dagli altri. Armando il chitarrista era perso nei suoi pensieri di donne e rubinetterie e andava per i cazzi suoi. Fabiano e Katia cantavano lei con bella voce, lui stonato.

È la mazurca del fico fiorello
Chi sa ballarla diventa più bello.

Il vecchio fisarmonicista invece era bravissimo e teneva su tutta la baracca, andando a tempo e anche infiorando di note, con la fida Dallapé agile e argentata.

Uno solo che deve suonare bene per tutti. Questo mi ricorda la situazione della mia patria, pensò il professore.

Seguirono il pezzo americano *Feelings* e una samba con maracas e arriba. Ma il party non decollava. In pista c'erano solo una coppia di complessivi centottantadue anni, alcuni bambini scatenati e due ragazze che ballavano insieme, una bassa e tracagnotta l'altra bionda e sottilissima, con gambe da trampoliere.

– Quella potrebbe essere un elfo, o la ragazza del lago – disse Michelle.

Ahimè. Da dietro il preside Amadori sentì, e con un abile movimento da cobra infilò la testa tra Martin e Michelle e iniziò:

– Vedo che conosce la leggenda del lago, signorina. Be', io l'ho studiata e vagliata con dedizione, ne esistono almeno undici versioni, e in alcune non si parla affatto di una ragazza bionda, ma solo di una ragazza. Inoltre, in ordine alla collocazione temporale degli eventi...

– Parli più forte, non sento – disse Michelle.

Errore. Amadori trascinò la sua sedia di fianco al professore, e il suo alito lievemente agliaceo impregnò la spiegazione.

– La leggenda di cui trattasi potrebbe essere, come alcuni sostengono, una leggenda medioevale, ma non ne esiste traccia alcuna, se non narrazioni orali, mentre l'altra collocazione, quella che situa gli avvenimenti nel fine Ottocento o inizio Novecento, ha almeno tre versioni scritte. Una ridotta e banalizzata in un libro di fiabe delle edizioni Grifagna, anno 1935. Un'altra successiva, a cura di tale Rispoli Ettore, forse parente del Rispoli poeta e suicida, stampata in un libretto con titolo *La bella del lago*, di cui esistono due esemplari nella biblioteca del paese. E poi (fiatata mefitica) modestamente la mia *Leggenda dei fiordalisi*, edita a mie spese in duecento copie e che è sicuramente la più completa e attendibile. Parte dalla richiesta di matrimonio del mercante fino al suicidio. Il professore mi può confermare...

– Non confermo affatto, – disse il professore deciso – ci sono molti dubbi su quel suicidio. C'è anche chi pensa che sia stata uccisa.

– No no no, – disse Amadori, scuotendo la testa con esagerata foga – non mi dica che crede anche lei alle storie delle comari del paese...

– Storie false, – disse Bollini con voce cavernosa, dal pozzo della sua sbronza – storie messe in giro per scredità la brava gente di qui. Cojonate...

– Credo che bisognerebbe andare a fondo – disse il professore.

La tensione era evidente. Per fortuna Katia cantò:

Hully-gully del sultano
Balla all'ombra del banano.

Anche questa mi ricorda qualcosa, pensò il professore.

E finalmente decine di persone scesero in pista per un ballo collettivo che era a metà tra l'hully-gully e una danza popolare di gruppo, uomini donne adolescenti bambini e anche un cane festoso in slalom tra le gambe.

Amadori fu costretto dalla sua signora a hulligullare, e fu la momentanea salvezza. Ma non era finita.

Arrivarono Merdecani, senza moglie e con quattro amici, tutti vistosamente ubriachi, salutando e menando pacche sulle spalle. Il Tinto scrutò la platea seduta e si posizionò su una sedia da cui poteva godere di vista panoramica sulle gambe di Michelle. Iniziò a fissarla ostentatamente.

– Hai un ammiratore – disse il professore.

– Anche tu – disse Michelle.

Dalla luce della pista, Isolina hulligullando salutava. Al suo fianco il cavalier Incerto si era tolto gli stivali e ballando mostrava fieramente piedi enormi in calzini rossi.

– Eccola, la tua bella – rise Michelle. – Perché non le vai vicino a ballare?

– Non ci penso proprio.

Michelle si alzò e sgranchì le gambe. Aveva evidentemente una gran voglia di entrare in pista. Passò una simpatica giovane che li rifornì di sangrilla, dove la frutta era ormai solo un optional. Al professore girava la testa. Spero che arrivi presto questo valzer, si disse. Invece venne *Cuando calienta el sol*, vecchio smorzone del Paleozoico musicale.

Tutti iniziarono a ballare con tutti, chi toccando e chi no.

– Sono molto disinvolti, – disse Michelle – vedi quante donne che ballano tra loro?

– Certo, è la festa del cavalier Incerto, ambosesso – rise Martin.

Altra interruzione. Il parroco udì, passò dalla porchetta al messale e si mise in piedi davanti a loro, predicando a voce alta.

– Mi meraviglio di lei, professore. Quella voce sul cavalier Incerto è una leggenda falsa e sconcia. Incerto dal latino *incertus*, dubbioso, è un soprannome che gli fu attribuito perché era cauto, prima di ogni decisione ci pensava su.

– Veramente i libri di storia dicono... – lo interruppe il professore.

– C'è un solo libro ed è quello della tradizione delle persone perbene, – disse il parroco – e i miei parrocchiani sono perbene e non vanno contro natura, né mai lo fecero. Quando la campana della verità risuona...

Una sonora pernacchia, che sovrastò persino la voce caliente di Katia, lo zittì. Il parroco se ne andò borbottando anatemi, col mezzo panino in mano.

– Strana gente, – disse il professore – buona di carattere, ma guai a svelare i loro segreti. Forse ne hanno ancora qualcuno.

– Sa qual è il mio segreto adesso, professore? – disse Michelle dondolando la testa meravigliosamente spettinata, e un po' ubriaca.

– Quale?

– Non è difficile. Vorrei ballare questo benedetto valzer.

Magia! Come se un angelo avesse ascoltato, Katia finì lo smorzone, incassò gli applausi e disse:

– E adesso tra un attimo tutti in pista. Il nostro grande fisarmonicista, Anteo Petrini, suonerà per voi i suoi famosi valzer.

Ci siamo, pensò il professore, e il cuore batteva forte.

– Ma prima un brano a richiesta. Da Vinicio alla sua mamma che oggi compie novant'anni. Cantate con me.

Applausi, sguardi al tavolo della vegliarda, poi la voce di Katia soavemente:

Son tutte belle le mamme del mondo...

La mia sembrava un pugile in pensione, pensò il professore. Intanto Michelle si era unita al coro, forse ricordando la sua bella Maman di Montpellier.

Ma il momento della verità era solo rimandato.

Il brano dedicato finì, si fece silenzio, Anteo Petrini era una leggenda. Il vecchio fisarmonicista si aggiustò sulla sedia. Chinò la testa bianca e iniziò splendidamente a suonare *Sul bel Danubio blu*.

E il professore tremava come mai un suo allievo aveva fatto, ma ebbe la forza di alzarsi in piedi, guardare Michelle negli occhi e dire:

– Balliamo?

15.

In amor come in battaglia
Maledetto chi si squaglia
E se amate poi non dite
Sono pieno di ferite
Un due tre muovi quel piede
Maledetto chi si siede
Un due tre gira e rigira
Gran fellon chi si ritira.

(Il valzer dei coraggiosi)

Mi manca l'aria mi manca il cielo
Mi mancan gli alberi, il pozzo e il camino
Sia maledetto questo destino
Che mi costrinse a vivere solo.

Mi manca l'aia, quando da giovane
Ballavo ubriaco, col fiato corto
Mi mancan gli occhi delle belle dame
E ballar nudo, fino a cader morto.

(IL CATENA)

Ero pronto a tutto, caro lettore. Ero pronto a essere ridicolo, seppure a testa alta. Ero pronto ai sussurri e alle perfidie. Pronto a maledire la mia sciatalgia, e i passi leggeri della gioventù, che avevo dimenticato. Pronto a cadere a terra vinto e sfinito.

Ma non ero pronto a ciò che accadde.

Molti erano già in pista, Borgocornio si gemellava con Vienna. Una coppia di ventenni già volteggiava con palese professionismo.

Io e Michelle eravamo uno davanti all'altra, io impettito, lei con l'aria della scolara che prepara una marachella.

Posai la mano sinistra sul suo fianco.
Lei posò la mano destra sulla mia spalla.

Esitai. Anteo Petrini era sapienza e follia, la sua Dallapé apriva e chiudeva mondi, non potevo accampare scuse di musica inadatta.

La mia mano destra si unì alla mano sinistra di Michelle.

I miei piedi si mossero. Per la prima volta sentii la musica del corpo di lei, il calore, la calma seduzione di ogni suo movimento.

Avevo deciso di pensare ùn-duè-trè, ritmare il pensiero per guidare il mio piede. Ma mi venne in mente, chissà perché,

Scri-ve-rai.
Scri-ve-rai.

E a questo invito in tre quarti il mio corpo si trasformò. Di colpo ricordai, era come andare in bicicletta dopotutto, se impari una volta sarai capace sempre. Coraggio piedi miei, volate. E vidi che lei mi seguiva senza sforzo, che stavo ballando con sufficiente grazia. Vidi sguardi intorno, ma non ebbi paura. Sentii che eravamo una bizzarra coppia, un vecchio spilungone e una giovane misteriosa. Padre e figlia o amanti scandalosi o qualsiasi altra cosa, ma eravamo insieme, una coppia danzante come le altre. Quando i due giovani professionisti ci passarono accanto, roteando con faccia compunta, io li indicai a Michelle e lei mi suggerì con lo sguardo: accettiamo la sfida. Sentii che ora era lei a guidare me, e il nostro valzer si fece più veloce e audace, giravamo per tutta la pista, e a testa ben alta io seguivo l'insegnamento del maestro Petrini, e la voce del corpo leggero di Michelle.

La mia testa conteneva tre pensieri (ùn-duè-trè).
Uno, questa è pura gioia dell'istante.
Due, questa gioia finirà.
Tre, non la dimenticherò.

E così con un grande ricamo di virtuosismo, il maestro concluse il pezzo di Strauss. Io continuai a tenere la mano sul fianco di Michelle. Tutti applaudivano, ma noi stavamo fermi come due uccelli su un ramo, aspettando.

E arrivò *Oro e argento* di Lehár.

Io sono il canuto argento, pensai, e lei è l'oro.

Non vedevo più gli spettatori, la gente semplice di una festa di paese, ma gli ori e gli stucchi del salone di San Pietroburgo dove avevo ballato con lei cento inverni prima, e poi rividi intorno i miei allievi, al ballo universitario, mentre mi esibivo in spettacolari twist con una procace laureanda, oppure ero io lo spettatore bambino di una festa del mio paese natale, e guardavo innamorato una ginnasta dodicenne che volteggiava sulla pista.

Tutto questo nel tempo di un solo valzer, direte voi? Sì, questo e altro, e la carezza della mia mano sul suo fianco, l'ondeggiare della sua capigliatura, che a ogni passo si spargeva in bionda fuga per tornare subito a coprirle il volto, la febbre del vino sulle sue guance, la bocca che non avrei mai baciato e tutte le bocche che avevo baciato, e fatica, e lacrime, e sangue versato per nutrire le mie ultime forze di vecchio, il mio corpo che dimenticava gli anni e il ciuffo bianco che dondolava ammonitore davanti agli occhi ricordandomi l'affanno, e infine la fisarmonica di quel gran maestro più vecchio di me, forse solitario come me, e la musica che saliva fino all'Orsa Maggiore, visibile sopra il fumo dei chioschi, il vapore della notte e i dolori degli uomini.

Tutto questo e molto di più, chiuso nella bolla di un istante, tanto più prezioso quanto vicino a scomparire, una goccia d'acqua al calore dei riflettori, una stilla di sudore sul mio collo, un capello sottile incollato sulla gota di lei.

Poi tutto finì, come era previsto.

Il maestro alzò la testa e tornò al suo posto, sembrava che gli applausi non gli importassero granché, posò la fisarmonica con cura paterna, e si mise a fumare. Intervallo, disse la voce del presentatore. Noi eravamo rimasti fermi sulla pista. Per qualche effetto di luce mi sembrò che un faro giallo inquadrasse proprio noi, solo noi, e che tutti potessero vederci, in quel magico cerchio dorato.

Ero immobile, ansante in tre quarti. Michelle mi prese per mano, mi portò fuori dalla pista.

Poco dopo eravamo di nuovo seduti vicini. Io mi accorsi che la mia schiena protestava. Lei sembrava un po' imbronciata, turbata. Forse per la prima volta si era accorta che il mite professore era pur sempre un esempio di Maschio Vetusto.

Ma subito smise il broncio e con un sorriso e un sorso ulteriore di sangrilla disse:

– Avevo ragione, professore, tu sei un ballerino.

– Io sì, ma le mie vertebre no.

– Mi racconti dei suoi balli all'Università, esimio professore.

Raccontai, lei rideva forse un po' troppo forte. Bollini da dietro emise un rutto poderoso, ricordandoci la nostra sorte terrena. Qualcuno cominciava già a andare via, altri arrivavano, la porchetta era finita, divorata anche la testa, ma una nuova porchetta arrivava, sostenuta da due robusti garzoni.

Isolina sedeva esausta, con le scarpe in mano. Il cavalier Incerto era lungo disteso sul prato. E l'intervallo finì.

Stavo per andare a complimentarmi con il maestro Petrini quando vidi qualcosa che non mi piacque, e che mi fece decidere che era meglio non lasciare sola Michelle. Merdecani si era alzato e stava parlando nell'orecchio al presentatore, che annuiva. Dal suo tavolo, gli amici ridacchiavano e guardavano verso di noi.

Katia riprese il microfono e disse:

– Ancora un brano a richiesta. *Love me tender*, del mitico Elvis, e a cantarla sarà il nostro chitarrista Armando.

Applausi e urletti, specialmente di donne. Fu chiaro che il bell'Armando aveva riparato, oltre alla rubinetteria, varie carenze matrimoniali.

Ma non fu la sola sorpresa. Pur continuando a massacrare la chitarra, Armando tirò fuori dalle tubature interne una voce bassa e sensuale, e del tutto intonata.

Love me tender, love me sweet
Never let me go.

Merdecani si sistemò con indicibile grazia la fessa dei pantaloni e puntò inequivocabilmente verso il nostro tavolo. Michelle, ignara del pericolo, canticchiava insieme a Armando Elvis.

Qualsiasi cosa lei voglia fare, principe Merdekanin, sappia che farò di tutto per difendere Nasten'ka da lei, non le basterà tutta la Russia per sfuggire alla mia vendetta.

Si piantò a gambe larghe davanti a noi, il vestito spiegazzato, la tinta dei capelli che colava sulle tempie. Con voce arrochita disse:

– Buonasera professore, mi chiamo Meliconi, industriale, lei non mi conosce ma io so tutto di lei. Invece non so nulla della sua bella amica. O figlia, o non so cosa. Me la presenta, così posso invitarla a ballare?

Merdekanin, pensai, domani all'alba parleranno le nostre pistole, ho già i miei padrini, il visconte di Vudstok e il conte Ombrovič.

Ma non riuscii a rispondere, ero paralizzato dalla rabbia.

Tutti gli sguardi erano su di noi.

Allora fu la mia adorata a parlare.

– Mi chiamo Michelle, signore, e non sono né una figlia né un'amica del professore, sono la sua amante. E non ho più voglia di ballare.

Merdecani sembrò colpito da un pugno allo stomaco. Indietreggiò, tornò al tavolo tra i lazzi e gli scherni degli amici.

– Andiamo via, – disse lei – ho bevuto un po' troppo, forse ho straparlato.

– Sei stata grande, Nasten'ka.

– Come mi hai chiamato?

– Niente niente, andiamo.

Uscimmo dalla calca, camminammo sull'erba, cercando la Dyane nel prato notturno. Dal buio uscirono due giovani e si avvicinarono, le mani nelle tasche dei jeans.

Stavolta tocca a me difenderti, Michelle, pensai, e li attesi a piè fermo.

I due ci furono di fronte. Strinsi i pugni.

– Professore, se ne va adesso che comincia il bello? – disse uno dei due, capelli corti e sguardo furbo.

E sorrise. Era lo stesso sorriso di mio figlio.

– Ma tu sei Gianni, il postino...

– Certo professore, e volevamo dirle una cosa. Sa, prima, quando il parroco diceva quelle... cazzate, mi scusi signorina, ma proprio erano grandi cazzate. Be', la pernacchia... l'ha fatta lui. Martino.

E indicò l'altro, rosso di pelo con la faccia piena di efelidi.

– Bravo Martino, ottima esecuzione – dissi.

Non si deve avere sempre paura, pensavo, mentre guidavo senza fretta sulla strada del ritorno, in una notte piena di stelle. Avevo voglia di parlare, ma Michelle era silenziosa e malinconica, lo sguardo fuori dal finestrino. Forse è pentita di ciò che abbiamo fatto? Ho detto qualcosa di sbagliato? Parla, Nasten'ka cara.

Arrivammo alle nostre case dirimpettaie. Io la guardai e chiesi:

– Ti sei annoiata, Michelle?

– Oh, no, – rispose lei – scusami Martin, è stata una bellissima serata. Ma quell'uomo orribile... me ne ha ricordato un altro. Capisci, vero?

– Sì. Ma adesso basta, Michelle. Se tu andassi con tutti i Falstaff e i Merdecani di tutto il mondo, ti vorrei bene lo stesso.

Era una bugia, lo sapevamo tutti e due. Ma la rasserenò. Mi baciò sulla guancia e disse:

– Buonanotte, a domani.

La guardai entrare in casa un po' barcollante e aprire la porta al terzo tentativo. Scesi dalla macchina e respirai a pieni polmoni.

Ombra uscì dal buio e mi guardò interrogativo. Anche se il dodecalogo non lo prevedeva, mi chiese con lo sguardo: perché arrivi così tardi, padrone?

– Ebbene sì, conte Ombrovič. Ho danzato e sognato. Non si torna indietro. Sono innamorato, senza speranza e decoro. Ora non pensiamoci, ti preparo da mangiare.

Rimpinzato il conte di riso e tonno, andai sulla poltrona davanti al bosco. Inutile cercare di dormire. E lui arrivò subito.

Il grasso e iroso tasso filosofo, il dottor Meles.

– Professore, ci siamo cascati? – disse subito.

– Sì.

– *"Vive" deus "posito" siquis mihi dicat "amore!" deprecer...*

– Sa anche il latino?

– Ovidio mi piace quasi come le mele – disse ghignando. – Ma la vedo piuttosto turbato.

– Piuttosto, sì.

– Ahimè. Dovrò spiegarle alcune cose. Vede come sono fatto io?

– Come?

– Ho la testa piccola e denti aguzzi, il mio davanti è snello, ma dietro termino con un gran culone obeso. Sa perché?

– Perché?

– La mia testa è la ragione, la ratio, il cogito, con gli aguzzi denti dell'argomentazione filosofica. Pensare e ripensare mi consuma, mi leviga e la mia testa è affusolata, niente grasso superfluo di luoghi comuni e pigre spiegazioni. Poi però ci sono il cuore, lo stomaco e la pancia. E loro non capiscono la filosofia della parte davanti, si espandono e si allargano in beata assenza di razionalità. Sa cosa faccio quando esco dal letargo?

– No, dottor Meles.

– *Desidero*, professore, *desidero*. Desidero mangiare, divorare, strippare, ingollare, dopo mesi di astinenza. Desidero mele, tuberi, lucertole, bacche, serpi, anche lumache col guscio se le trovo. Istinto, biologia aggressiva, irrazionale brama, ecco cosa mi guida. Ha un bel da pensare la testa, la ragione non conta più nulla. E lei ora *desidera*. È uscito dal letargo della sua rassegnata solitudine, ha scoperto la fame del suo cuore, sa che la mela è proibita, ma desidera. Non avrà più pace, né dieta. Non c'è filosofo che possa venirle in aiuto, nessun libro, nessuna saggezza. Soffrirà, il suo cuore, lo stomaco e le viscere andranno in subbuglio, il suo istinto di Homo erectus potrà essere temperato, ma non vinto. La mela è caduta dall'albero del destino. Si prepari.

– Non posso tornare indietro?

– No, non può. Desideri e mangi tutta la gioia che può. Ma lei sa queste cose meglio di me, dear fellow – disse alzando solennemente la zampa. – Perciò veniamo al secondo punto della discussione.

– E cioè?

– Se qualcuno le ripete in un discorso per varie volte le parole "desidera" e "mela", cosa può significare?

– Che desidera una mela?

– Geniale intuizione – disse il tasso.

Andai in casa e scelsi la mela Conventina più bella. Gliela lanciai (il filosofo non si faceva avvicinare). Modulò un versetto di gioia e con una zampa iniziò a palleggiare la mela, una, due, dieci volte, come un calciatore professionista. Poi la tirò in aria con un colpo di tacco, la riprese al volo e ritornò nel bosco, tenendo la mela in equilibrio sul naso.

Era proprio il caso di andare a dormire.

16.

L'amore degli uomini è uno specchio rotto
Che non rimanda più la tua immagine
È come un libro di cui vediamo
La copertina, non più le pagine.

Da mille pezzi vediam persone
La voce e il volto non ricordiamo
Lento lo specchio si ricompone.

L'amore degli uomini è uno specchio rotto
Forse è svanito, cerchiamo invano
Lui è sempre lì, al solito posto.

Mi alzai presto e terminai di annotare il dattiloscritto di Michelle. Belle pagine vicino a pagine tirate via, una scrittura che deve ancora trovare le ali, ma saltella già. Sei e mezzo.

Poi mi accorsi che cominciava a piovere, sentii rumore di auto e vidi il camper di Vudstok. La cosa mi stupì. Guardai la casa azzurra, erano già le dieci e mezzo, ma immaginai Michelle ancora dormiente, a smaltire i postumi della sbronza.

Aprii la posta.

Una mail di mio figlio, con la sua composizione in altro formato. La ascolterò la prima volta che sono triste, per tirarmi su, pensai.

Poi una mail di Remorus.

```
Caro Jack,
è destino che un filo ci unisca. Ieri è
venuto da me Aldo C., il fidanzato di quella
```

ficona bionda, so tutto, scommetto che la stai tampinando. Be', mi ha detto che ha comprato da te un disegno del Catena. Stai diventando furbo, vecchio professore. Credo sia autentico, ma anche se non lo fosse lo sosterrei. E sai perché Aldo C. ha parlato con me? Vuole allestire una mostra dal titolo Arte e Follia. E ha scelto me per il catalogo e per presentare il progetto in una conferenza stampa domani. Mostreremo l'autoritratto, ma non diremo come ne siamo venuti in possesso. Così ci sarà più mistero, ne parleranno di più e qualsiasi coglione vorrà dire la sua. È un'idea mia, che ne dici Jack? Be', se vuoi puoi partecipare anche tu all'evento. Che ne diresti di scrivere un pezzo per il catalogo? Magari hai preso un bel po' di soldi per l'autoritratto, ma cinquemila euro per dieci cartelle ti farebbero schifo? Dai, vieni dalla mia parte Jack. E salutami la bella Michelle. La prossima volta che ti vedo ti dico chi l'ha scopata. Stammi bene Jack, e aspetto la tua risposta.

Quasi rovesciai il tavolo per la rabbia. Gli telefono e mi incazzo, pensai, come può credere che io l'abbia ceduto per soldi? E in quanto al Torvo, è questo il modo di mostrare la sua riconoscenza? Stavo per comporre il numero quando mi ricordai che era domenica.

Il giorno della finale!

Aprii il computer con mani tremanti, mi collegai e...

Hurrah! Gli All Blacks avevano battuto la Francia ed erano campioni. Mi stavo esibendo in una danza maori quando

Michelle entrò, con una sporta in mano e un gigantesco ombrello verde.

– Professore, si sente bene?

– Benissimo. La Nuova Zelanda è campione del mondo di rugby.

– Allora festeggiamo. Sono venuta a cucinare per tutti e due. Tortino di patate, l'ingrediente principale non ci manca. Ho portato formaggio, uova e tutto l'occorrente. Cos'è quella faccia? Sono troppo invadente?

– No Michelle, mi fa molto piacere.

Mezz'ora dopo ogni rabbia era dimenticata. Non ero solo, c'era Michelle in cucina, sentivo i suoi passi e il concerto di pentole. Lasciate ai miserabili le loro miserabili gioie. Ormai il ritratto era perduto, il Catena sarebbe diventato il clown triste di quel circo. Ma avevo deciso di liberarmi di quel segreto, ed ero responsabile di ciò che avevo fatto. Responsabile, parola ormai cancellata dal vocabolario del mio Paese. Sentii che la rabbia era diventata energia.

Scrissi una mail a una rivista letteraria, la più seria che conoscevo. Proposi un pezzo sul Catena. Non la solita noiosa esegesi, ma un pezzo che metteva in dubbio tutto lo scenario del suicidio.

Grazie a Michelle mi sentivo combattivo, pieno di idee.

Ka mate. Ka ora'.

– Quando parliamo del tuo scritto? – chiesi.

– Dopo, dopo – disse Michelle invisibile dal suo regno di pentole. – Prima il tortino di patate, poi il camino acceso, poi la mia commedia.

– E poi qualche altra idea?

– Professore, ci sta provando? – risuonò la sua voce scherzosa.

– Ho detto un'idea, non l'Idea con la maiuscola che unisce noi maschi di montagna e città – risposi.

Su di te, Nasten'ka, un centinaio di idee, la metà caste, le altre irraccontabili, qualcuna al livello di Remorus. Ma io so di te e tu sai di me, non ci faremo del male. Anche se qualcuno soffrirà.

– A tavola – disse Michelle.

Pomeriggio, pioggia

Le patate erano andate incontro al loro destino. Il camino era acceso. Io, sul divano, tenevo sulle ginocchia il dattiloscritto. Lei era seduta sul tappeto, con le braccia che cingevano le ginocchia. Ascoltava ogni annotazione, ogni correzione e consiglio, annuiva e si arrotolava la chioma dorata in trecce subito sciolte, e ancora riavvolte.

– Qui a pagina 30, – dissi – ecco, qui forse c'è il punto centrale del racconto. Quando cercano di dirsi tutta la verità ma non ci riescono. Questa parte va sviluppata bene.

– Cioè non basta quello che si sono detti fino ad allora?

– Lei sì, lei è sincera, specialmente nella parte in cui arriva al teatro e si presenta e racconta della sua storia d'amore appena finita. Lui lo è molto meno. Deve dire qualcosa di più, o il finale tragico non è giustificato. Il loro legame non è del tutto chiaro.

– Quindi si lasciano senza aver detto tutto.

– Credono di aver detto tutto, lo scrivi anche tu più avanti, a pagina 55. Manca qualcosa.

– Forse – disse lei. – I tuoi consigli sono preziosi, Martin. Non finirò mai di ringraziarti, il fatto che tu perdi il tuo tempo su queste cose...

– Per favore, per favore – la interruppi, e le carezzai la testa, quasi senza accorgermene.

Ritrassi subito la mano. Ma lei si era turbata, qualcosa si

era mosso, nel lago blu degli occhi, una sirena o un mostro, chissà.

Il camino crepitò nel silenzio. Poi lei disse:

– Se lui non ha detto tutto, siamo ancora in tempo a correggere il testo, no?

– Sì – dissi.

– Allora raccontami, Martin. Solo a me, e al fuoco del camino.

La confessione

Avevo all'incirca la metà degli anni che ho adesso. L'audacia ancora viva della giovinezza, e un po' di esperienza vissuta, mi facevano ritenere invincibile. Avevo appena ottenuto la cattedra universitaria, e una rubrica letteraria su un quotidiano mi aveva già regalato una piccola fama. Ero ambizioso, in gara con gli altri, anche se mi nascondevo dietro uno snobismo elitario. La mia unica dote era la generosità verso gli amici, e il senso dell'umorismo che talvolta riusciva a spingermi verso sbrigative autocritiche. Ma desideravo, volevo diventare una stella nel firmamento della cultura. Non avevo tempo per il grande amore, passavo da una storia all'altra con quella che io chiamavo leggerezza, altri incoscienza, altri ancora crudeltà. All'improvviso nella mia vita entrò lei. Chiamiamola Michela, visto che tu sai già di assomigliarle. Collaboravo da un anno a una piccola ma prestigiosa rivista letteraria, e il direttore mi invitò a visitare la redazione, un giorno o l'altro.

Il giorno capitò. Per caso mi trovai a passeggiare proprio nella strada dove aveva sede la rivista. Suonai al citofono e una voce metallica mi rispose che il direttore non c'era. Ma io sono la redattrice, aggiunse la voce con entusiasmo, se viene su sarà un piacere conoscerla.

pena, a eccezione di uno, Marras, con cui condivideva l'amore per un'isola stupenda.

Ma queste nubi erano nulla, le affrontavamo con umorismo, e la passione notturna cancellava gli inciampi del giorno. Un po' alla volta, senza nessuna vistosa spiegazione, la sua gelosia divenne più forte e immotivata, e la mia insofferenza al suo controllo più ribelle. Ricominciai a sedurre le mie allieve, seppur castamente, e qualche volta le nostre piccole liti salivano di tono.

Ci fu un primo vero litigio, dovuto a una mia frase infelice con la parola "appiccicosa". Lei, per ripicca, fece finta di flirtare con un mio collega a una festa, fui io a diventare geloso e non ci vedemmo per una settimana.

Tu sai bene, amica mia, come l'amore più forte ha sempre punti deboli, spiragli per l'indifferenza, vuoti che riempiamo con ciò che per un attimo riteniamo migliore.

La passione dei sensi ci univa ancora, anzi divampava dopo ogni lite. Ma se per me era la maggiore attrazione, per lei era solo un bellissimo momento, non tutto ciò che voleva. Diventammo più silenziosi, trovammo spazi di lontananza, nel nostro lavoro e in amicizie differenti.

Erano quasi quattro anni di amore. E la crepa, improvvisamente si allargò. Lei divenne un po' lamentosa e ipocondriaca, accusava febbri che io ritenevo immaginarie, qualche volta si rifiutava al mio intatto desiderio. E io provavo una indefinita rabbia verso i suoi atteggiamenti, e verso il potere che ancora aveva su di me.

Ecco, qui entra in scena, con banale puntualità, un'altra gatta, la Gatta Malefica. Così chiamavo una mia allieva dagli occhi verdi, assai sensuale e capricciosa. Si innamorò di me e cominciò a inviarmi bigliettini maliziosi. Io stetti al gioco, lusingato. I suoi messaggi divennero più espliciti, sguaiatamente erotici, e io li accettai senza nessun rimprovero, e iniziai a desiderarla. I nostri sguardi si incrociavano a ogni lezione, la sua giovane bocca mi turbava da lontano.

Il copione è sempre lo stesso Michelle, cambiano gli attori, il regista lo modernizza e lo stravolge, ma si è soltanto ridicoli in altro modo, la recita non cambia.

Michela andò dai suoi genitori una settimana. Non capii allora il motivo del suo allontanamento. Ero solo e la Gatta Malefica attaccò, i suoi artigli si piantarono nella mia carne. Era più selvaggia, e frenetica di Michela a letto, amava farsi legare, non aveva nessuna remora. Questo mi eccitò all'inizio, mi sentii nuovamente Maschio predatore e dominatore, sapevo che il suo potere era nulla in confronto a quello di Michela, sapevo di condurre il gioco, desideravo ancora Michela, il paragone era improponibile. Ma la Gatta Malefica riempì tre splendide e infuocate notti.

Michela tornò e capì. Aveva un sesto senso per certi miei difetti, o forse io mi mostravo colpevole senza sapere come. Mi strinse di assedio, mi ossessionò. Ammisi il tradimento, non accampai scuse. Lei non perdonò e per due mesi restammo lontani. La Gatta Malefica venne respinta, cercai di riallacciare il rapporto. Ci riuscii. Ma appena ebbi di nuovo Michela tra le braccia, capii che qualcosa era cambiato. Capii che in quel momento solo la passione dei sensi mi univa a lei, non volevo più darle il mio tempo. Non volevo più fare nessun sacrificio, come feci anni dopo, nel mio amore totale per mio figlio. Rimasi indifferente alle sue richieste, anche alle sue lacrime, dissi che l'amavo ancora ma che qualcosa si era trasformato. Forse in meglio, mentii, ma lei non lo credette neanche per un attimo.

La fine fu improvvisa, inattesa per me, forse non per lei. Lei si ammalò di polmonite, io le fui a fianco, ma con fatica, penosamente. Provai la pietà che da allora odio. Anche se giovane, era già ferita da me e dagli altri. Quando guarì, andammo in montagna, la salute di lei lo richiedeva. Ma là qualche serpente mi morse. Iniziai a civettare con un tavolo di ninfette scandinave, sciavo da solo, ebbro di libertà, e quando tornavo da Michela, era come se tornassi da una madre affettuosa, un po' invadente. Non facevamo più l'amore. Lei mi amava ancora molto, credo, ma aveva capito che le nostre musiche si erano separate.

Finché una notte mi sbronzai e ballai attorniato dalle giovani vichinghe, come un satiro di alta quota, lei mi rimproverò, io risposi male, fu una lite furiosa, ero ubriaco.

Tu sai bene di cosa parlo, amica mia.

Ebbene, lei decise di partire. Io sentii che stava male, che aveva bisogno di me, che quella separazione era forse definitiva. Ma ero raggelato come la neve che ci circondava, di nuovo chiuso nel mio egoismo, adirato per il ricatto della sua debolezza.

Non la accompagnai a casa in macchina, no. Consultai l'orario delle corriere, trovai quella giusta, dissi che l'avrei accompagnata alla fermata, che ci saremmo rivisti presto. Lei non implorò, la sua dignità fu feroce, a testa alta accettò quel viaggio solitario.

Ecco la scena amica mia, ecco il segreto. Una fermata di corriera, su una strada piena di neve, un mattino limpidissimo e spietato tra alte montagne. Lei con la sua valigia, la sciarpa che le copriva metà viso, i capelli biondi nascosti nel cappuccio della giacca a vento.

La corriera stava per arrivare, lei disse: non aspettare con me, preferisco stare sola. Voleva una mia reazione, forse, ma io non la ebbi. E così la rivedo, a lato della strada, fragile, bella, e perduta. Non un gesto, una frase da parte mia, solo un abbraccio appena accennato. Stavo male e non volevo più stare male. Solo il mio futuro importava.

Quella immagine è ferma nella mia mente, ritorna ogni volta e mi pento, mi pento. Ho perduto la donna che ho amato senza lottare, senza credere in me e in lei. Poco importa quello che ho imparato dopo, non conta quanto io sia cambiato, allora commisi questo delitto, il delitto di lasciarla sola.

Come vedi sto asciugando le lacrime, non me ne vergogno. La cercai, divenne introvabile, era andata a curarsi all'estero.

Lei era malata, come in un romanzo di appendice, era malata davvero, un cancro ai polmoni, e anche se lo avevano definito curabile era spaventatissima, ma non me l'aveva mai rivelato. La sua lontananza era in realtà il suo sacrificio, la prova del suo amore, e anche un giudizio su ciò che poteva aspettarsi da me.

Morì tre anni dopo, le cure non bastarono.

Ecco il mio segreto, Michelle.

Anche io sono morto in quel mattino d'inverno. Sono stato capace di questo, e non mi perdono. So che oggi non sono lo stesso uomo, ma contengo quell'uomo di allora, e non si guarisce dalla propria ombra, le si affiancano soltanto nuove luci. Ma la mia ombra ogni tanto ritorna spaventosa, e la solitudine mi pare inevitabile, e giusta. Anche tu partirai Michelle, e forse ti abbraccerò. Se non riuscirò a farlo, capirai perché.

Mi presi il viso tra le mani. Non piangevo più, sentii un brivido, riattizzai il fuoco nel camino. Di nuovo la campana suonò lontana, un solo rintocco.

Michelle disse.

– Anche se tu andassi con tutte le Gatte Malefiche del mondo io ti vorrei bene lo stesso. Perdonati, Martin, non fermarti a quell'attimo. Tu mi hai accettato, rasserenato. Nessuno lo aveva mai fatto come te. Se io somiglio a lei, fa' come se lei ti perdonasse.

– Grazie, Michelle – dissi con un filo di fiato. – Ora, almeno non ho più segreti.

– Sei sicuro di questo, professore?

Michelle aveva parlato con un tremito nella voce. Non mi chiesi cosa intendeva davvero con quelle parole. Cosa avesse capito di me, e di noi due. Quanto turbata fosse dal mio racconto. Quanto Michela e Michelle si fossero parlate, attraverso lo specchio.

So che guardai le sue labbra, e pensai per un attimo di baciarla, e subito questo pensiero si incenerì, si dissolse, come un rametto nella fiamma ardente.

– Siamo tutti e due stanchi, e il camino si sta spegnendo – dissi. – È meglio se torni a casa, Michelle.

– Sì – disse lei.

Uscì. Quando la porta si chiuse, rividi per un attimo l'Altra, solitaria tra le montagne innevate. Poi chiusi il mio cuore a chiave, ci riuscii.

Andai a sedermi sulla mia poltrona sfondata.

Nessun animale amico uscì dal bosco.

Vidi però, appoggiata al muro, vicino alla luce, una falena. Le ali erano un arabesco di bruno e grigio, un ricamo fantastico. Era ferma, come nella bacheca di un entomologo, o come in un quadro.

– Hai niente da dirmi? – chiesi.

– Tanta bellezza per un attimo solo, per una sola notte – rispose.

– Sì, sei bellissima. Non avvicinarti troppo alla luce.

– Perché?

– Lo sai bene. Ti brucerai. So che vivi di notte. Domani lascerò la luce spenta.

– Io non posso dire "domani" – rispose lei.

17.

Fiori

Ve ne ho donati tanti
Voi li accettaste, come fosse amor vero
Ma tanti ne aveste da altri amanti
Da colmare un giardino, o un cimitero.

Quadri

Io vi ho ritratto e voi diceste
Oh, troppo bella mi avete dipinto
Voi sorridete, il quadro è triste
Chiuso in soffitta con altri cento.

Picche

Le ferite delle vostre stizze
I vostri capricci, il vostro inganno
Le vostre frasi come lame aguzze
Che sanno bene il male che fanno.

Cuori

Un re arriva con passo trionfale
A un altro avete spezzato il cuore
Il mazzo è chiuso, la rima banale
Finito il gioco, niente più amore.

Una mattina come tante. Ma perché mi sentivo così inquieto?

La notte avevo sognato San Pietroburgo. Camminavo tra bianchi fiocchi, un alto strato di neve aveva coperto i marciapiedi e procedevo affondando, con fatica. Improvvisamente mi trovai in una grande piazza, si sentivano le note di un valzer di Čajkovskij. Vidi una figura venire da lontano. Indossavo un cappotto con pelliccia, ebbi paura, forse vuole rubarmelo, pensai. Ma la figura era una vecchia col volto magrissimo, quasi un teschio, con uno scialle rosso.

– Non voglio il tuo cappotto, Martin. Voglio il tuo amore.

Lo disse con una voce strana, disumana, e mi guardò, i suoi occhi erano terribili, mi svegliai con un grido.

Preparai il caffè. Cercavo di non pensare al giorno prima, a quel pomeriggio davanti al camino, a ciò che avevo detto e ciò che avevo taciuto.

Dovevo distrarmi.

Aprii la posta.

Una mail di Umberto: `Hai ascoltato la mia composizione?`

`Non ancora`, risposi, `ma ti sono grato di avermela mandata. Abbracci.`

Poi, dopo due spam sul Viagra, una mail dell'implacabile Franceschi.

`Allego questo ritaglio di giornale che la riguarda.`

Ritrovato un disegno del Catena?
Aldo Corvario, direttore della galleria d'arte Il Girasole, e Giulio Ruffo Remorus, intellettuale e critico noto per le numerose

apparizioni televisive, hanno presentato in conferenza stampa una novità assoluta.
Un autoritratto rarissimo di Domenico Rispoli detto il Catena, poeta maledetto morto nel 1933, che fu un clamoroso caso letterario trent'anni fa. Intorno a questo disegno, quasi sicuramente autentico, sarà allestita la mostra Arte e Follia, che verrà inaugurata nei primi mesi del prossimo anno.
Inoltre, Remorus ha annunciato che la sua nuova casa editrice, Avances, pubblicherà le poesie del Catena in una nuova edizione con ampia biografia e commenti di studiosi.
Alla domanda: come siete venuti in possesso del ritratto, i due hanno dichiarato che non potevano rivelarlo.
A tal proposito abbiamo chiesto un parere a Manfredo Ducati, uno dei massimi esperti del Catena.
"È un ritrovamento importante," ci ha dichiarato Ducati, "che getta nuova luce sulla figura del poeta di Borgocornio. C'era chi, come il professor Martin B., aveva escluso categoricamente l'esistenza di dipinti del poeta. Si era sbagliato, come spesso gli succede, e non è escluso che dopo l'autoritratto vengano alla luce altri disegni del Rispoli. Intanto, affiancherò Aldo Corvario nelle scelte artistiche della mostra e siamo convinti che sarà un contributo originale all'arte, e ai suoi rapporti con la malattia mentale."

Il disegno sarà esposto da oggi nella galleria...

Decisi che, in forma elegante, avrei pregato Franceschi di farsi i cazzi suoi. E che forse era il caso di intervenire nel caso Catena, contro gli sciacalli di ieri e di oggi.

Ka ora' professore, è ora di combattere.

Stavo ascoltando la composizione di Umberto, un delicato quartetto, quando, come una schitarrata rock, mi piombò in casa Vudstok.

Aveva l'ultimo esemplare di eskimo verde esistente al mondo.

Si buttò sul divano, estrasse una sigaretta non consentita e disse:

– Scusa se mi faccio una canna, professore. Ma ne ho bisogno.

– Perché sei tornato?

– Non ci crederai Martin, Dina mi ha mollato. Così su due piedi, dopo dieci anni insieme. Era la notte della pizzica e io ballavo e suonavo il tamburello. Lei era sparita. Aveva appena conosciuto tale Fred, un inglese contattista che secondo lei è il più grande esperto di Ufo del mondo. Parla con gli alieni nel loro linguaggio, immagino siano scoregge. Dina ha detto che quell'incontro è un segno degli arvidabas. E che le dispiaceva, ma mi mollava. Arvidabas un cazzo, le ho risposto, e le ho mollato un ceffone che è volata in cielo coi suoi marziani di merda...

– Hai fatto male.

– Male o bene, adesso sono solo e sono tornato. Penso che mi metterò a stampare magliette. Jim Morrison, Jimi Hendrix, il Che Guevara, hai capito il genere?

– Qualcuno vivo no?

– Anche gli Aerosmith e i Simpson. Un tipo giù mi ha insegnato come si fa. Intanto però hai cento euri?

– Hai raddoppiato la cifra?

– Mi servono per comprare le magliette bianche da stampare cazzo, poi te li ridò, e ti regalo una maglietta. Chi ci vuoi sopra?

– Non la vorrei bianca, la vorrei nera con una felce.

– Sei diventato fascista?

– No, maori. – E gli mollai due bigliettoni.

– Non ti capisco, Martin. Però grazie, a little help from my friends. A proposito, com'è andata con la bionda? Stamattina l'ho vista insieme a Gianni il postino che le stava consegnando una lettera, mi ha salutato. È una bella tipa, in fondo. E lui?

– Partito.

– Vai forte, professore, – disse Vudstok – pesta duro e vedrai che la groupie non resisterà. Nessuna resiste al buon vecchio rock.

– Nessuna...

Si dileguò. Be', non ho mai visto nessuno reagire così alla fine di un amore decennale. O è un duro o è scemo. O una via di mezzo.

Una lettera, pensai. Buone notizie, cattive notizie?

Dalla finestra vidi Michelle uscire e dirigersi verso la mia casa. Mi pettinai il ciuffo. Ancora insieme. Nasten'ka.

Entrò emozionatissima, le mani ballavano nell'aria.

– Martin, non ci credo. Mi devo sedere, mi scoppia il cuore. Ho vinto il provino. Un film con sei mesi di riprese, il regista è inglese, bravissimo. Lo gireranno in Russia, è una storia d'amore durante la Prima guerra mondiale, io sarò la sorella della protagonista. San Pietroburgo, Mosca, Praga. Mi hanno già mandato i biglietti aerei, parto dopodomani. È davvero un gran colpo Martin, una grande fortuna...

Colpito al cuore.

Te l'avevo detto professore, certi duelli non si possono vincere, sussurrò Ombrovič venendomi vicino. Ero raggelato, con un brivido lungo la schiena. Una Siberia intera dentro di me. Dissimulare, dissimulare. Per favore professore, sia dignitoso.

– È una notizia bellissima.
– Posso abbracciarti, Martin?
– Certo che puoi.

Addio Michelle, il tuo calore è dolce mentre mi abbracci. E profumi di lavanda, mentre io mi accorgo che profumo irrimediabilmente di naftalina, maledetto sia il mio armadio. Ti prego, non accorgerti che sto fingendo. Dammi la forza di mentire, amica mia. Troppi segreti abbiamo svelato, troppi.

Lei, dopo l'abbraccio, fece un passo indietro e mi guardò negli occhi.
– È una bella notizia per me. Non lo è per te, professore?
– In questo momento no. Ma domani sarò contento, e lo sarò anche quando sarai lontana.
– Non sarò mai lontana, professore. Balleremo ancora un valzer o un tango.
– No. Sarai lontana, ma è giusto che sia così.

Anche se non balleremo più insieme
Così finì uno scandalo/ in una città perbene.

Michelle smise di guardarmi. Si tormentò i capelli, come faceva sempre quando era emozionata.
– Verrò a salutarti domattina, Martin.
– No, non venire.

Fu in quel momento che lei forse capì che era vero ciò che pensava da tempo. Chinò la testa come a confessare un peccato.

– Vuoi che ti dica cosa penso davvero, Martin?

Il professore esitò. Sentiva il cuore battere storto, ma parlò con calma.

– No, non dire nulla. Un segreto, almeno uno, deve rimanere. Per la mia immaginazione, per una pagina bianca, per le mie future sere silenziose.

– Capisco Martin. Ma ti prego, vorrei che...

– Basta, – dissi, ergendomi nel mio metro e ottantacinque di innamorato piantato in asso – non lasciamoci così. Sei stata un grande regalo, Michelle. Mi hai scaldato il cuore. Mi hai aiutato a confidare il mio segreto. Non penserò a quello che non è stato, ma a quello che meravigliosamente è stato. Ho ritrovato qualcosa che avevo ancora in tasca. Nella mia giacca con le toppe.

– Anche io ho imparato da te, – disse Michelle – due settimane durate sette anni.

– Quindi, – dissi ridendo – è la crisi del settimo anno. Accidenti Michelle, sei sempre in mezzo ai piedi, prenditi una vacanza.

– Lo farò, vecchio rompiballe – disse lei. – Ma attento alle Gatte Malefiche, alle ninfette, alle autostoppiste, alle allieve eccetera eccetera.

Così va bene, pensai, ci sto riuscendo. Ci stiamo riuscendo.

– Arrivederci Michelle – dissi, con una leggera carezza sui capelli, che lei trattenne e fece durare.

– Ti penserò, Martin – disse.

Poi una porta chiusa. Il rumore della pendola. Le unghie di Ombra sul pavimento, latrati lontani, il canto di un uccello. Ero nuovamente solo.

Venne la sera, non mangiai, non riuscivo a fare altro che riavvolgere il nastro dei miei giorni con Michelle. Lei era a cento passi, ma ormai più lontana della luna. Ripresi il solito posto, la solita poltrona. Il buio arrivò, mentre aspettavo che i pensieri si fermassero. Mi appisolai, mi svegliai. Erano le tre di notte. E arrivò.

Il serpente. Sembrava più grosso, più minaccioso. Mostrò la lingua bifida.

– Te l'avevo detto, professore. Hai mangiato il frutto proibito e soffrirai. Un dolore che ti seguirà fino alla morte.

– No, serpente. Soffrirò e continuerò a vivere, poi soffrirò meno e questi giorni con Michelle non li ruberai, non sono tuoi. Sono della mia faticosa saggezza. Sono di ciò che riesco ancora a amare. Anche se vorrei amare di più.

– No, il ricordo ti roderà – ripeté il serpente, nel buio. – Non riuscirai a pensare che a lei. Ti pentirai di averla incontrata, la amerai sempre e non sarà mai tua.

– Lei è mia. È nelle pagine del mio libro. Lei sarà felice anche per me.

– Hai mangiato la mela, – disse con un sibilo – il veleno ti ucciderà.

– In nessun punto della Bibbia si parla della mela – risposi con calma. – Sei male informato, se fossi il tuo superiore ti licenzierei.

– Non puoi fare nulla contro di me – sibilò nuovamente il serpente.

Con un agile balzo il tasso uscì dal buio e gli affondò i denti nel cranio. Poi lo trascinò nel bosco, inerte.

18.

Non compatite la mia sorte amara
Sul mio dolore, nessuna parola
Pietà è una lama che taglia e separa
Togliete il coltello dalla mia gola.

IL CATENA

La notte il professore sognò la sua giovinezza, e una corsa in discesa verso il fiume. Qualche volta il risveglio cancella un incubo, ed è sollievo. Ma ultimamente il dio dei Sogni gli scriveva belle e assurde storie. E sempre più spesso Martin rimpiangeva quel viaggio notturno, che gli riportava volti passati, facendogli desiderare di restare, di abitare quell'altrove dove la morte non aveva più potere. Dove forse c'è una remota possibilità di ricominciare per diciassette vite. Ma anche quella mattina, il mondo che lui chiamava vero era tornato. Era il primo mattino di nebbia. Non era la foschia lattiginosa, il brodo di spettri che cancella le cose e rende misteriosa ogni lontananza. Era un vapore sottile, che ansimava dalla terra, e spegneva i colori dell'autunno. In una mattina simile, pensò il professore, forse la ragazza del lago aveva camminato incontro al suo destino. Uscì infreddolito, vide la luce alla finestra di Michelle. La immaginò affannata, mentre riempiva la valigia di indumenti pesanti per quelle terre fredde. Prendi una bella sciarpa calda, Nasten'ka. Lei c'era ancora, anche se non per lui. Un aereo l'aspettava, e poi un misterioso, avventuroso futuro. Si chiese se nel film il regista avesse avuto l'idea di farla ballare in un cerchio di luce.

Questi pensieri lo ferirono, provò una dolorosa stretta allo stomaco. Pensò: ora vado a salutarla di nuovo. Poi subito si corresse: no, gli addii non si ripetono, la prima volta sono romantici, la seconda noiosi, la terza ridicoli o tragici. Non siamo sul set di un film, abbiamo già girato la scena giusta. Fermiamoci qui.

Accese lo stereo, ancora il *Flauto magico*. Gli dèi proteggevano gli amanti, le note di Mozart gli dettero un po' di quiete, mentre scriveva:

Domenico Rispoli detto il Catena gode di un inatteso, meritato revival. La scoperta di un suo autoritratto ha scatenato l'interesse di letterati seri, e anche di critici improvvisati e di qualche erudito sciacallo.

Decidete voi a che categoria appartiene Ducati, quello che definì "i migliori versi del Catena" alcuni versi di William Blake, e che incappa spesso in figuracce simili per la fretta di intervenire senza documentarsi. In quanto alla mostra Arte e Follia, aspettiamo a vedere se sarà un progetto degno delle sue ambizioni, o un'esibizione inutile per tromboni televisivi, collezionisti di teschi e psicanalisti frammisti.

A noi interessa invece rispettare la memoria di questo poeta. Quindi, dopo aver accuratamente riesaminato tutti i documenti, vogliamo esporre i nostri dubbi sulla versione del suicidio. Le vistose contraddizioni dell'inchiesta e la fretta di chiuderla, a distanza di tanti anni, fanno supporre che il Catena non si sia ucciso, ma sia stato ucciso.

La storia del poeta di Borgocornio ha strane analogie con una narrazione orale nata nello stesso paese, quella della ragazza del lago. Anche su questa morte ci sono frettolose incongruenze, e misteriosi silenzi.

Ricostruiamo quindi lo scenario della morte del Catena. Analizziamo per primo un documento che non è mai stato preso nella dovuta considerazione, e cioè il rapporto settimanale del capo-infermiere del manicomio, Giosuè Aguzzi. In esso si legge:

"La situazione nella seconda settimana del corrente mese è da definirsi tranquilla, non fosse per le escandescenze e i furori del ricoverato Rispoli. Più di una volta il suddetto si è aggirato nudo biotto nei corridoi ridendo istericamente e vociando oscure minacce che egli chiama 'le mie poesie'. Avendo egli già subìto il mese scorso due elettrochoc, non è d'uopo ripetere detta terapia. Ma credo sia giunto il tempo di dargli una lezione, affinché egli non abbia più a eccitare gli altri ricoverati. A tal proposito, parlando con l'infermiere Barbieri...".

Una cavalcata di bisonti interruppe il lavoro del professore. Guardò dalla finestra e nella nebbia apparvero, uno dopo l'altro, come centauri favolosi e argentati, i motociclisti del gruppo Marlon. Il professore uscì e Divano lo salutò, con un cenno della mano lontana. Poi la nebbia li inghiottì, diretti verso chissà quale mitica Thule, o luminoso Eldorado.

La luce della finestra di Michelle era ancora accesa. Il professore capì che, se fosse rimasto lì, non avrebbe resistito alla tentazione di vederla. Decise di andare a trovare la vecchia Berenice. Ombra capì e inventò un nuovo comandamento del dodecalogo:

Se non vuoi uscire, fingiti morto.

Ma Martin lo prese per la collottola e lo obbligò a seguirlo, mentre quasi di corsa usciva e si dirigeva verso la casa della vecchia.

Camminava in fretta. Ogni passo un pensiero diverso, e un diverso stato d'animo, e quasi non si accorgeva di cosa aveva intorno. Miele, oro, porpora, arancio, tutti i colori dell'autunno.

Il ritmo della camminata lo stancò, e quando giunse nei pressi del sentiero di Berenice era esausto, e un po' placato.

Nella nebbia cercò la porta, bussò, nessuno rispose. Fece il giro della casa, vide sul retro un orticello e un vecchio pozzo, non vide la bicicletta.

Allora entrò.

Il camino era appena spento, un leggero calore emanava ancora dalle braci.

Sul tavolo, una natura morta: un pane tagliato, due pomodori, un bicchiere di vino rosso. Una dignitosa povertà. Si avvicinò e vide che accanto al pane c'era un quaderno nero. Lo aprì. Era pieno di piccoli numeri, di geroglifici di un alfabeto immaginario.

Anche la vecchia scriveva poesie, per sé, o per gli angeli, o per qualche diavolo decrittatore, chissà.

Chiuse la porta e uscì, ritrovando Ombra cauto ma coraggiosamente pronto a difenderlo dai fantasmi.

La nebbia iniziò a alzarsi. Tutto intorno alla casa, il professore vide che il prato era punteggiato di rosmarini e fiori azzurri.

Il suo umore cambiò improvvisamente, il desiderio di rivedere Michelle lo colse come una raffica di pioggia, decise di tornare indietro con passo ancora più veloce.

Un altro addio, perché no?, pensava. Che male c'è, cosa può accadere di doloroso? Bisogna che io abbia fiducia, fiducia in me e in lei. Arrivo Nasten'ka, aspettami.

Dopo mezz'ora di marcia militare arrivò davanti alla casa azzurra col fiato corto. Per fortuna la luce era ancora accesa. Aspettò un attimo, per calmare i battiti del cuore. Poi bussò alla porta.

La porta si aprì e apparve Orietta, con una scopa in una mano e un secchio nell'altra.

– O professore, che ci fa costì?

– Cerco Michelle, signora – disse il professore, ancora pieno di speranza.

– La signorina è partita mezz'ora fa. Aveva una gran fretta. Mi ha detto che non aveva tempo per le pulizie, che le facessi io, mi ha addirittura lasciato dei suoi vestiti per mia fija. Son strani questi cittadini.

– Siamo strani, sì.

– Oh, lei no, professore, – disse Orietta – lei ormai è uno dei nostri. Ma c'ha il fiatone, ha corso?

– Sì. Alla mia età una bella camminata fa bene – rispose amaramente Martin.

Rientrò in casa, si adagiò mesto sul divano. Ombra gli ricordò, con lo sguardo del decimo comandamento, che era ora di dargli da mangiare.

Sfamato lo scudiero, il professore si sedette alla scrivania. Passò un tempo indefinibile, mentre la nebbia svaniva nei prati, ma non nei suoi pensieri.

Neanche pensare di riprendere il lavoro.

Partita, senza lasciare una traccia, un segno, un profumo.

Prese in mano il libro del Catena, per leggere tre versi di una delle sue poesie più enigmatiche:

Di tutte le ricchezze che ho viste
Una sola io vorrei davvero
I tuoi occhi di acqua celeste.

Non c'erano tracce di quella donna in nessun'altra poesia. Un ricordo lontano? O forse una donna mai esistita, inventata nel buio solitario della cella, nelle notti insonni del manicomio?

E tu sei mai esistita, Michelle?

La risposta era lì davanti ai suoi occhi, una busta della quale non s'era accorto, una lettera posata sul computer in bell'evidenza, come nel racconto dell'amato Edgar Allan Poe.

Diceva:

Caro Martin,

se questa occasione di lavoro fosse arrivata quindici giorni fa, l'avrei accolta come una bambina viziata, una divetta vanitosa. Forse avrei telefonato a tutte le colleghe per farmi invidiare, pensando: vi ho fregato. Avrei considerato questo lavoro un punto di arrivo, dopo tante delusioni, e avrei giocato a fare la star. Dopo averti conosciuto, so quanta responsabilità e umiltà richiede il cammino di un artista. Parto come se questo fosse un inizio, parto come una delle tue allieve, incantata da te, parto per imparare. Questo me lo hai insegnato tu, giorno per giorno. Non è vero che non hai più segreti. Hai dei segreti di generosità, di cui non parli, ma li conosco, perché ho sentito parlare di te da gente che ti vuole bene. Non sentirti solo. Ti scrivo il mio numero di telefono. Chiamami, se ne hai voglia. E guarda nella camera da letto, c'è una sorpresa. Con un bacio.

Michelle, ovvero Nasten'ka (sapevo benissimo che era la protagonista delle "Notti bianche", cosa credevi?)

Io avevò desiderato di rivederti, e anche tu lo avevi desiderato.

In camera da letto, in un vaso sul baule, c'era una composizione di fiori azzurri e vermigli, tra rami secchi e foglie gialle.

I fiori davano a quei rami morti una nuova vita, ricordavano il ciclo delle stagioni, ed erano in quel momento vivi, come i giorni appena passati, poco importava se l'inverno era pronto a inaridirli, a cancellarli.

Ci sono fiori che crescono anche sotto la neve, nelle crepe delle rovine, nelle grotte e nei deserti, e dove nessun uomo li vedrà mai.

Sì, è vero, pensò guardandosi allo specchio, e vedendosi ancor più bacucco del solito, ho dei piccoli segreti di generosità e ne parlo poco. Non mi piace firmare appelli per cose che affronto ogni giorno. E allora perché lo fai? Lo faccio perché non si lotta mai abbastanza. Ti stai intervistando da solo, Martin...

Si sdraiò sul letto, e ascoltò ancora, a occhi chiusi, la composizione del figlio. Si chiamava *Svegliandosi da un sogno.*

Si lasciò andare alla musica, si arrese. Ricordò il primo incontro con la timida Michelle che lo guardava sospettosa. La luce gialla e calda della pista da ballo. Un pomeriggio col fratello, in bicicletta sul fiume. Una mattina con Marras, nell'isola splendida, mentre i pescatori sbarcavano una cassetta piena di preistoriche aragoste di fuoco.

Il rumore della mensa universitaria, le polpette indecifrabili, le tavolate coi colleghi e le risate con gli allievi. E la mano sulla fronte del figlio, in una notte di febbre.

La musica finì, e come per magia Ella iniziò a cantare. Il professore scattò in piedi. Era proprio Umberto.

– Ehilà Martin, come va?
– Bene, e tu?
– Tanto lavoro, troppo. Hai ascoltato il mio pezzo?
– Sì, e mi piace molto. Sai che non dico mai bugie su questo.
– Non so a cosa ti ha fatto pensare. Io mi sono ispirato a un uomo che sogna, poi si sveglia, e poco alla volta sente i suoni del mattino.
– Ho pensato a tante cose...
– Ho altri progetti. Sto facendo un rap campionando brani di discorsi di Malcolm X, è una voce rabbiosa, formidabile. E tu che progetti hai?
– Uno soprattutto, – rispose Martin – venire da te a Natale, se tu non vieni. Facciamo questo patto?
– Certo. Cosa credi, anche io ci tengo a vederti, vecchio matto. A proposito, complimenti per gli All Blacks.
– Modestamente ho giocato bene. La Francia era sorprendentemente forte, eravamo in vantaggio di un solo punto, me la sono vista brutta. Ma ho stretto i denti, ho tenuto il pallone in mischia e adesso... campioni! E tra quattro anni, se non crepo, vado a vedere i Mondiali in Inghilterra.
– Qua in America il rugby non sfonda. Hanno il loro football americano. E la loro musica americana e la letteratura americana, tutto loro.
– Sì, ma la loro letteratura è in declino, non hanno più i grandi campioni del passato. Meglio noi europei. Be', grazie della telefonata.
– A presto papà. Live, dal vivo.
– Va bene. E non scaricare il telefonino come al solito.
– Okay. Ciao, papà.

Si sentì sollevato, carezzò il testone peloso di Ombra e si mise a far progetti.

Sì, pensò, domani vado in città a prenotare il biglietto transoceanico. Mancano due mesi, ma meglio provvedere adesso.

Immaginò Michelle sull'aereo, mentre guardava le nuvole dal finestrino, la testa appoggiata al palmo della mano, l'altra mano abbandonata sulle gambe. Un po' di eccitazione, un po' di sonno.

Un pensiero lo sorprese. Non sono innamorato di te, Michelle, sono innamorato della tua giovane speranza. Delle speranze che avevo. Vorrei volare ancora, su un aereo, o sulla schiena del diavolo.

Reagì con un sospiro rabbioso: la solitudine non mi avrà, pensò, e decise di riprendere a scrivere.

Di colpo il mondo si spense.

Un blackout. Martin uscì e vide che tutte le luci della valle erano spente. La nebbia era sparita, c'era la luna, ma quell'affronto lo ferì. Era contro di lui quel buio improvviso e ingiusto, per farlo soffrire ancora, per creare uno scenario oscuro per la sua solitudine.

Barcollò come un ubriaco imprecando, tra gli oggetti familiari della casa. Cercava una candela, a tastoni nei cassetti, si sentì ridicolo, un vecchio spaventato che non sa badare a se stesso.

Trovò la candela, e i fiammiferi.

La accese e vide subito il muso del suo scudiero, per niente spaventato.

Ne accese un'altra e un'altra ancora. La sua casa si illuminò di piccole anime scintillanti, che disegnavano ombre e chiaroscuri.

Le fiammelle ardevano, vacillavano, ma il buio era vinto.

Allora si preparò da mangiare con calma, ritrovando uno per uno i gesti di tutti i giorni, che a quella nuova luce gli sembravano unici, necessari.

Poi uscì. La luna illuminava il bosco, c'erano le stelle, l'Orsa si stagliava nella sua luminosa, astratta geometria.

Per questi universi, per queste montagne, per il bosco, il buio non esiste.

Ricordò che il computer funzionava anche a batteria, riascoltò nuovamente la musica del figlio, poi nuovamente le note del *Flauto magico*: – *Es siegte die Stärke...*

Ma l'ascolto venne interrotto da un lungo ululato, un do di petto di Ombra, un suono che non aveva mai udito, e che sapeva di paura.

Cosa succede?, chiese al cane con lo sguardo. Ma Ombra ululò di nuovo, e da tutta la valle vennero altri ululati, e latrati, un misterioso scambio di parole.

Poi il cane ringhiò a pelo irto, ma non si lanciò verso il bosco come faceva di solito. Arretrò terrorizzato, nascondendosi sotto il divano. Il professore non lo aveva mai visto così.

Tornò sulla sua poltrona, era subentrato un silenzio irreale.

E dopo un attimo capì.

Lui era arrivato, e lo guardava dal limitare degli alberi. Grigio, selvaggio, solo.

Il lupo.

– Di' al tuo cane di non avere paura, – disse – non mangio i miei simili. Neanche quelli che usate per cacciare.

– Ombra non è un cane da caccia, – rispose Martin – e poi tu godi di una brutta fama.

– Meglio una brutta fama che nessuna fama – rispose tranquillo il lupo.

– Cosa ti ha fatto scendere fino qui?

– La fame, professore, la fame – disse il lupo a testa bassa.

– Credevo che tu fossi un grande cacciatore.

– Lo ero. Il migliore del branco. Ho insegnato a predare ai lupi giovani. Ma ora sono vecchio. E come tu sai, quando diventi vecchio ti mettono da parte. Il branco non sa cosa farsene di uno zoppo e lento come me, e ora caccio da solo.

– Il lupo solitario. E come te la passi?

– Non troppo bene. I cacciatori hanno battuto tutto il monte. Hanno ucciso cinghiali a decine. Hanno sterminato lepri e uccelli, gli animali sono spaventati, non escono dalle tane.

– E allora come fai?

– Mi arrangio. Topi, lucertole, qualche raro coniglio selvatico. Ora sono sceso per vedere se c'è qualche preda vicino alle case degli umani.

– Ma è pericoloso. Se ti vedono, spareranno.

– Non si potrebbe fare, ma lo fanno lo stesso. D'altronde non posso invocare regole. Non si possono sbranare le pecore, ma se capita...

– Non avvicinarti troppo, non rischiare.

– Proprio tu mi dici queste cose, tu Ciuffobianco, lupo solitario. Non ti sei avvicinato troppo, non hai rischiato il tuo cuore?

– Sopravvivrò. Vuoi qualcosa da mangiare?

– Mai – ringhiò il lupo. – Non accetterò mai nulla dalle mani di un umano. Neanche da uno che mi assomiglia un po', come te. Non mi fido.

– Capisco. Be', buona fortuna.

– Anche a te. Ma non dire che mi hai visto. È un segreto tra di noi.

– Troppi segreti sono stati svelati ultimamente. Ti giuro che questo lo manterrò.

– Grazie.

– Buona caccia.

– Buona caccia anche a te, professore.

La luna lo guidò, mentre correva verso gli altri casolari.

19.

Old age hath yet his honour and his toil.

E così siamo rimasti soli, amabile lettrice, caro lettore. Il frastuono, il tormento, le risate di queste pagine si sono placati. Ci guardiamo attraverso questo strano specchio che è un libro. Ti immagino mentre leggi, nella luce piena di un giorno di sole, o in una sera illuminata da un lampadario servizievole, oppure nella penombra notturna, mentre volti le pagine a una luce fioca come quella della mia candela.

Molti libri sono stati scritti a lume di candela, non dimenticarlo.

Forse mi immagini solo, e ti dispiace. Ti rassicuro. Ho tante cose da fare. Prenotare il biglietto d'aereo per passare il Natale con mio figlio. Finire il mio articolo sul Catena e sulla ragazza del lago. Combattere contro chi ci vuole rubare la storia e il futuro. Cercare in qualche tomba egizia la mia vecchia macchina da scrivere. Uccidere o ferire in duello il conte Merdekanin. Comprarmi una giacca nuova per andare al vernissage della mostra Arte e Follia. Immagina che faccia faranno Remorus e il Torvo quando mi vedranno entrare, vestito come un damerino. Ci andrò, sì, ci andrò, dicano quello che vogliono. Il mondo dell'arte è pieno di nobili parole ma anche di sussurri maligni. Pensate che qualcuno ha addirittura sostenuto che sono io l'autore delle poesie del Catena, che le ho scritte per cercarmi una piccola fama di scopritore. Voi conoscete la verità.

Vivrò come prima o meglio di prima. Soprattutto, penserò alla gente che amo, e ai loro istanti di felicità.

Penso a Michelle, con le spalle nude, in un abito da ballo primo Novecento, infreddolita tra gli stucchi e i lampadari di un ricco salone di San Pietroburgo, o tra le illusorie ricchezze di cartapesta di un capannone cinematografico. Penso ai suoi capelli, che resteranno biondi e giovani più del suo viso. Non tingerli Michelle, e sarai la Principessa della Neve.

Penso ai sogni, e alla casa che forse ci è riservata in quell'altrove. Ma anche a ciò che rende luminoso questo mondo. Penso al talento di mio figlio, ai suoi rari sorrisi, che assomigliano ai sorrisi dei giovani di queste parti. Al Catena, ai momenti in cui il sole entrava nella sua cella. Alla fame di verità della vecchia Berenice. Alla ragazza del lago, quando ballava felice sull'aia. Alla danza maori degli All Blacks, ai cuori rombanti dei Marlons, agli animali del mio bosco. E a quel fisarmonicista umile e meraviglioso che guidò con la sua musica il valzer più bello della mia vita. Forse l'ultimo, ma non importa.

E penso a te che mi hai ascoltato. E mi hai reso diverso, nei mille pezzi di specchio, perché sarò diverso ogni volta che mi rileggerai, e diverso per ognuno che mi leggerà, svogliato o rapito.

Questo è il segreto dei libri, la loro vita indomabile.

Anche tu pensami. Mentre poso la penna sul tavolo, con solenne lentezza, e la fiamma coraggiosa della candela vacilla, si inchina, ma resiste e illumina.

Con il buio intorno, e noi che viviamo, in questo cerchio dorato.